In den acht Kurzgeschichten dieses zweisprachigen Taschenbuches geschieht das «Come Together» zwischen verschiedensten Partnern und in ganz verschiedenem Sinn. Achtmal guter amerikanischer Realismus der Jahrhundertmitte, unterhaltsam, anregend, gescheit:

– Zwei Schwestern. Warum so eine Befremdung? Hat es am Ende die eine auf den Ehemann der anderen abgesehen?
– Ein junger Ladendieb. Von seiner Mutter aus dem Gröbsten herausgehauen, ahnt er zum erstenmal, was für eine wunderbare Frau sie ist.
– Zwei Freundinnen. Die eine probt das Anbändeln mit Männern mittels seelenvoller Gespräche über Literatur, die andere mittels ebenso klassischen wie gewöhnlichen Flirtens.
– Ein nettes altes Ehepaar. Dem etwas unaufmerksam gewordenen Gatten weiß die gewitzte Gattin ein überfälliges Geschenk abzuluchsen.
– Eine abgeschieden lebende, anscheinend wohlhabende Familie. Seltsam altenglischer Stil – jedes weitere Wort wäre eine Vorwegnahme der Pointe.
– Ein hochspezialisierter Metallarbeiter und sein erfahrener Meister. Sie wären ein ideales Team, aber sie geraten in einen tödlichen Rangkampf.
– Ein Arzt und ein halswehkrankes kleines Mädchen. Er *muss* wissen, ob sie Diphtherie oder Mandelentzündung hat. Sie *muss* den Mund aufmachen.
– Eine nicht mehr junge Frau und ihre sehr alte Mutter. Die Frau überlegt, wie sie Mutters Zimmer umgestaltet wird, wenn die mal stirbt, oder vielmehr: «Falls ihr etwas zustoßen sollte».

dtv zweisprachig · Edition Langewiesche-Brandt

Come Together

Amerikanische Kurzgeschichten

Auswahl, Übersetzung und Anmerkungen
von Richard Fenzl

Deutscher Taschenbuch Verlag

Neuübersetzung
1. Auflage Dezember 1995
Deutscher Taschenbuch Verlag GmbH & Co. KG, München
Copyrightnachweis Seite 154
Umschlagentwurf: Celestino Piatti
Satz: FoCoTex Klaus Nowak, Berg bei Starnberg
Gesamtherstellung: Kösel, Kempten
ISBN 3-423-09339-0. Printed in Germany

No one saw Agnes come down the stairs. She had a way of going about unnoticed. It made her father and her brother Harry furious. Her father mentioned it sometimes but Harry didn't, which might have been because Agnes knew too much about him. Sometimes Harry just stood and looked at her. "Oh, Lord, help us," he said. Occasionally, when she came into a room where the others were, her father looked up from his book or his paper. "Well," he said in amazement, "how'd you get in here?"

"Why I just came in," Agnes said.

She didn't like such remarks. "Just because I don't go around making a racket," she thought.

She came down the stairs from her own room and heard voices in her mother's room. So there was something in the wind. Her father was scolding. (Agnes was a slender one. She walked softly.) There was a telephone stand in the big hall near the door to her mother's room. The door was closed at the moment. It was called the "big hall" not because it was particularly magnificent but to differentiate it from the upstairs hall. That one was called the "up hall." "I left my glasses on the window ledge in the up hall." It was convenient. Most of the rooms in the house were named, often rather fantastically: "the paint room," "the cider room," "Papa's coat room." The last was from Agnes's grandfather, on her mother's side. Agnes had heard an explanation. "Oh, he always came in and threw his overcoat on the bed in there."

Agnes stopped by the telephone stand, near the door to her mother's room, and picked up the

Niemand sah Agnes die Treppe herunterkommen. Sie hatte die Angewohnheit, unbemerkt herumzugehen. Das machte ihren Vater und ihren Bruder Harry wütend. Ihr Vater sprach es manchmal aus, Harry aber nicht, vielleicht weil Agnes zuviel von ihm wusste. Manchmal stand Harry einfach auf und sah sie an. «Oh Gott, hilf uns!» sagte er. Wenn sie gelegentlich in ein Zimmer kam, in dem die anderen sich aufhielten, blickte ihr Vater von seinem Buch oder seiner Zeitung auf. «Na», sagte er erstaunt, «wie bist du denn hereingekommen?»

«Nun, ich kam einfach herein», sagte Agnes.

Sie mochte solche Bemerkungen nicht. «Bloß weil ich nicht herumgehe und Krach mache», dachte sie.

Sie kam aus ihrem eigenen Zimmer die Treppe herunter und hörte Stimmen im Zimmer ihrer Mutter. Es lag also etwas in der Luft. Ihr Vater schimpfte. (Agnes war eine schmächtige Person. Sie trat leise auf.) In der großen Diele, gleich nahe der Tür ihrer Mutter, befand sich ein Telefontischchen. Die Türe war gerade geschlossen. Die Diele wurde die «große» genannt, nicht weil sie besonders prächtig war, sondern um sie von der eine Treppe höher gelegenen zu unterscheiden. Die nannte man die «obere Diele». «Ich habe meine Brille auf dem Fenstersims in der oberen Diele gelassen.» Es war praktisch. Die meisten Zimmer im Haus hatten einen Namen, der oft ziemlich ausgefallen war: «das Malzimmer», «das Mostzimmer», «Papas Mantelzimmer», letzteres nach Agnes' Großvater mütterlicherseits. Agnes hatte eine Erklärung gehört. «Oh, er kam immer herein und warf drinnen seinen Mantel auf das Bett.»

Agnes blieb beim Telefontischchen in der Nähe der Tür zum Zimmer ihrer Mutter stehen und nahm das

telephone book. If either her father or her mother came suddenly out there, she would be in a quite innocent-seeming position, not eavesdropping on her father and mother, just looking for a number in the book.

She stood, her eyes shining. "So, that's it." Her sister Miriam's husband, Tom Haller, wanted to get a divorce. Agnes was thrilled, even joyous. Of course, not because Miriam was in trouble. "So, she didn't tell me that *that's* why she came home from Chicago," she thought. "Tom's chucking her, eh?" and then right away her thoughts went back to Miriam. "The sly little cat – not saying a word to me." They were always thinking in the family that Miriam was open and aboveboard. "They accuse me of being sly. What about *her*?" And now both her father and her mother knew about Tom and Miriam. If it turned out that Harry also knew and that Agnes herself was the only one left out, she would be good and sore. If she had any sympathy for Miriam, it would go fast enough if she found *that* out.

Her father was furious and was tramping up and down in her mother's room. "If he comes here, I'll show him!" he shouted. Tom Haller wanted a divorce and he didn't want to pay Miriam alimony.

"By God, I'll make him pay to the last cent. I'll take his skin off inch by inch."

It would be funny to see her father trying to take Tom Haller's skin off. Alfred Wilson, the father, was a rather small man and Tom was big. As for Harry, he was a physical weakling. Harry was older than either Miriam or Agnes, and had been in the World War. He had been gassed, and there was something wrong with his lungs and

Telefonbuch zur Hand. Wenn plötzlich ihr Vater oder ihre Mutter herauskäme, stünde sie ganz unverfänglich da: sie würde Vater und Mutter nicht belauschen, sondern bloß eine Rufnummer im Buch nachsehen.

Sie stand da, und ihre Augen glänzten. «Das ist es also!» Tom Haller, der Mann ihrer Schwester Miriam, verlangte die Scheidung. Agnes war erregt, sogar erfreut. Natürlich nicht, weil Miriam in Nöten war. «So, sie hat mir also nicht erzählt, daß sie *deshalb* aus Chicago nach Hause gekommen ist», dachte sie. «Tom gibt ihr den Laufpass, was?» Dann kehrten ihre Gedanken gleich wieder zu Miriam zurück. «Das verschlagene Kätzchen – sagt mir kein Wort.» In der Familie hielten sie Miriam immer für offen und ehrlich. «Mir werfen sie vor, durchtrieben zu sein. Und wie steht's mit *ihr?*» Jetzt wussten sowohl Vater wie Mutter über Tom und Miriam Bescheid. Falls sich herausstellte, dass auch Harry im Bilde war und dass man nur ihr nichts gesagt hatte, wäre sie gewaltig eingeschnappt. Wenn sie *das* herausbekäme, wäre es mit ihrem Mitleid für Miriam ziemlich schnell vorbei.

Ihr Vater war wütend und stampfte im Zimmer ihrer Mutter auf und ab. «Wenn er hierher kommt, werde ich's ihm zeigen!» brüllte er. Tom Haller wollte eine Scheidung und er wollte Miriam keinen Unterhalt bezahlen.

«Bei Gott, ich werde ihn bis zum letzten Groschen zahlen lassen. Ich werde ihm die Haut zentimeterweise abziehen.»

Es wäre ulkig anzusehen, wie ihr Vater versucht, Tom Haller die Haut abzuziehen. Alfred Wilson, der Vater, war ein ziemlich kleiner Mann, und Tom war groß. Was Harry betrifft, der war körperlich ein Schwächling. Er war älter als Miriam und Agnes und war im Weltkrieg gewesen. Er hatte eine Gasvergiftung erlitten, mit seiner Lunge war etwas nicht in Ordnung,

he got drunk. He got drunk oftener than anyone, except Agnes, in the family knew. She knew where he kept his bottle of whiskey hidden in the house. Harry knew that she was on to a lot no one else knew. It made him a little afraid of her.

Her father kept tramping up and down in her mother's room. All the others in the house thought that Agnes was away for the afternoon. She had told them all she was going driving with Mary Culbertson and had left the house just after lunch. Then she had changed her mind and had come back. She had phoned Mary from the drugstore and had come silently into the house and had gone up to her own room. Had she been playing a hunch? She hadn't known why she suddenly decided not to go with Mary. Her father's shoes made a queer creaking noise on the floor of her mother's room.

"Alfred, where did you get those shoes?" her mother said, and "Oh, damn shoes!" her father shouted. There was talk about her father's speaking too loud. "Kate will hear you, Alfred," her mother said. Kate was the new maid, a tall redhaired country woman. She had been working in the Wilson family only two weeks. It wouldn't do to let Kate find out too much about the family too rapidly. It was no good letting a maid become too familiar, almost impertinent, the way the last one was allowed to do.

Agnes stood now by the door of her mother's room listening, the telephone book in her hand, and then her father came to the door. She saw the knob turn, but he didn't come out at once. He just stood by the door talking big. So Agnes put down the telephone book and went, softly as usual, out to the front porch. She sat there a

und er war zum Trinker geworden. Er betrank sich öfter, als irgendjemand in der Familie wusste, Agnes ausgenommen. Sie wusste, wo er seine Flasche Whiskey im Haus versteckt hielt. Harry wusste, dass sie über vieles im Bilde war, wovon sonst niemand etwas ahnte. Deshalb fürchtete er sie ein wenig.

Ihr Vater trampelte weiterhin im Zimmer ihrer Mutter auf und ab. Alle anderen im Haus glaubten, Agnes sei den Nachmittag über weg. Sie hatte zu ihnen allen gesagt, sie fahre mit Mary Culbertson spazieren und hatte das Haus gleich nach dem Mittagessen verlassen. Dann hatte sie es sich anders überlegt und war zurückgekehrt. Sie hatte Mary vom Drugstore aus angerufen, war wortlos ins Haus gekommen und auf ihr eigenes Zimmer gegangen. Hatte ihr etwas geschwant? Sie hatte nicht gewusst, warum sie sich plötzlich entschloss, nicht mit Mary zu fahren. Die Schuhe ihres Vaters machten auf dem Boden des Zimmers ihrer Mutter ein sonderbares quietschendes Geräusch.

«Alfred, wo hast du bloß diese Schuhe her?» sagte ihre Mutter, und er rief: «Ach, verdammte Schuhe!» Es wurde davon geredet, Vater spreche zu laut. «Kate wird dich hören, Alfred», sagte ihre Mutter. Kate war die neue Hausgehilfin, eine große rothaarige Frau vom Land. Sie arbeitete erst seit vierzehn Tagen bei den Wilsons. Es ginge nicht an, Kate allzu rasch zu viel über die Familie wissen zu lassen. Es wäre nicht gut, eine Hausgehilfin allzu vertraut, fast frech werden zu lassen, so wie man es bei der letzten geduldet hatte.

Agnes stand jetzt neben der Tür zum Zimmer ihrer Mutter und lauschte, das Telefonbuch in der Hand; dann kam ihr Vater an die Tür. Sie sah, daß der Türknauf sich drehte, doch ihr Vater kam nicht gleich heraus. Er stand bloß in der Nähe der Tür und redete hochtrabend. Agnes legte also das Telefonbuch ab und ging, leise wie gewöhnlich, auf die vordere Veranda

moment and then went to the side porch. She decided she would wait there. Presently her father would go off downtown to his law office and she would go to her mother's room. She would find out if her mother wanted to go on keeping everything a secret. Miriam had left the house just before Agnes came downstairs, and Agnes knew that Miriam would go downtown and find Harry. The two would go somewhere in Harry's car. "I bet they drink together," Agnes thought. She thought that it didn't look just right, a brother and sister being so thick. Before Miriam had married Tom Haller, she and Harry were always together during the years Miriam was going away to school and coming home for summer vacations. Agnes knew at that time that Miriam used to put up with, and even encourage, Harry's drinking. Before repeal, Harry had got his liquor from a man at the filling-station out on the Mud Creek Highway. Agnes had known about it. She even knew that Miriam sometimes drove out there with Harry and waited in the car while he went in. Agnes had got the filling-station man arrested and sent to jail. No one knew about it. She had written a letter to the sheriff and signed a made-up name, and it worked. The sheriff raided the place and sure enough found a lot of whiskey, and the man was tried and sent to jail, but of course Harry just began getting whiskey somewhere else.

What had most aroused Agnes the day she heard her father and mother discussing Miriam's divorce was something that happened after she went down to meet Mary Culbertson and changed her mind. She had come back into the house unnoticed and had gone to her own room, off the

hinaus. Dort sass sie eine Weile und begab sich dann zur seitlichen Veranda. Sie beschloss, da zu warten. Ihr Vater würde alsbald in die Stadt fahren, in seine Anwaltskanzlei, und sie würde in das Zimmer ihrer Mutter gehen. Sie würde schon herausbringen, ob ihre Mutter weiterhin alles geheimhalten wollte. Miriam hatte das Haus gerade verlassen, ehe Agnes die Treppe herabkam, und Agnes wusste, dass Miriam in die Stadt fahren und Harry suchen würde. Die beiden würden in Harrys Wagen irgendwohin fahren. «Ich wette, dass sie zusammen trinken», dachte Agnes. Sie meinte, es sehe einfach nicht gut aus, wenn Bruder und Schwester so dicke Vertraute seien. Ehe Miriam Tom Haller heiratete, war sie in den Jahren, da sie zur Schule ging und in den Sommerferien nach Hause kam, immer mit Harry beisammen gewesen. Agnes wusste damals, dass Miriam sich mit Harrys Trinkerei abfand und ihn sogar dazu ermunterte. Vor der Aufhebung der Prohibition hatte Harry seinen Alkohol von einem Mann an der Tankstelle draussen auf der Mud-Creek-Landstrasse erhalten. Agnes hatte davon gewusst. Sie wusste sogar, dass Miriam manchmal mit Harry hinfuhr und im Auto wartete, während er hineinging. Agnes hatte den Tankwart verhaften lassen und ins Gefängnis gebracht. Niemand erfuhr davon. Sie hatte einen Brief an den Sheriff geschrieben, mit falschem Namen unterzeichnet, und es klappte. Der Sheriff machte eine Razzia und fand tatsächlich eine Menge Whiskey; der Mann wurde verurteilt und ins Gefängnis gesteckt, aber natürlich begann Harry, sich anderswo Whiskey zu beschaffen.

Was Agnes am meisten aufgebracht hatte an dem Tag, als sie hörte, wie Vater und Mutter Miriams Scheidung erörterten, war etwas, das sich zutrug, nachdem sie weggefahren war, um Mary Culbertson zu treffen und sie sich's dann anders überlegt hatte. Sie war unbemerkt ins Haus zurückgekommen und auf ihr Zimmer

"up hall." Then the telegraph boy arrived on his bicycle and she saw him through the window. He rang the bell and Kate, the maid, answered it. Her father was already in her mother's room with the door closed, but he wasn't talking loud then. The new maid was such a big, red-haired, red-armed thing and she had such a harsh, untrained voice, thought Agnes. And what a nerve, too, for she came to the foot of the stairs and called.

"Miriam! Miriam! Here's a telegram for you," she called. Miriam should have reprimanded her. "Such management of things to let a maid call you by your first name!" Kate often called that way to Agnes, too, but Agnes couldn't protest, because if she did, if she were the only one in the house who did, she would only make the maid sore and then she couldn't get a thing done for her. If she wanted a dress pressed in a hurry, for instance, Kate could put it off, or even get purposely careless and burn it.

After she heard Kate call, Agnes had just stayed in her room, watching and listening. The door into the hall was closed, but Agnes went and opened it a crack. Miriam came quickly out of her own room, on the other side of the hall, and went part way down the stairs. If that new maid, Kate, were well trained, as she should be, if she had been told plainly by the mother how to do things when she had first come into the house, of course she would have come quietly up the stairs to the door of Miriam's room and knocked quietly. Agnes stood inside the door of her room and, through the crack, watched Miriam going part way down the stairs to the landing where the stairs turned, and Kate coming part way up.

gegangen, das weiter von der «oberen Diele» entfernt lag. Dann kam der Telegrammbote auf seinem Fahrrad, und sie sah ihn durch das Fenster. Er klingelte, und Kate, die Hausgehilfin, machte auf. Vater war schon im Zimmer der Mutter, die Tür war geschlossen, doch er sprach jetzt nicht laut. Die neue Hausgehilfin war so ein großes rothaariges Ding mit roten Armen und hatte so eine rauhe, ungeschulte Stimme, dachte Agnes. Was für eine Unverfrorenheit obendrein, denn die Hausgehilfin kam an den Fuß der Treppe und rief. «Miriam! Miriam! Hier ist ein Telegramm für Sie», rief sie. Miriam hätte sie zurechtweisen sollen. «So ein Betrieb, sich von einer Hausgehilfin mit dem Vornamen ansprechen zu lassen!» Kate machte das auch bei Agnes oft, doch Agnes konnte keine Einwände erheben, weil sie sonst, wenn sie als einzige im Haus sich dagegen verwahrte, die Hausgehilfin nur verärgern würde, und dann könnte sie für sich nichts mehr arbeiten lassen. Wenn Agnes zum Beispiel ein Kleid rasch gebügelt haben wollte, könnte Kate das aufschieben oder sogar absichtlich leichtsinnig werden und es versengen.

Nachdem Agnes Kate hatte rufen hören, war sie einfach in ihrem Zimmer geblieben, hatte beobachtet und gelauscht. Die Tür zur Diele war zu; Agnes ging hin und öffnete sie einen Spalt weit. Miriam kam rasch aus ihrem eigenen Zimmer auf der anderen Seite der Diele und ging die Treppe ein Stück hinunter. Wenn Kate, die neue Hausgehilfin, ordentlich angeleitet gewesen, wenn ihr von der Mutter, als sie erstmals ins Haus kam, klar gesagt worden wäre, wie sie sich zu verhalten habe, wäre sie natürlich leise die Treppe herauf an Miriams Tür gekommen und hätte leise angeklopft. Agnes stand in ihrem Zimmer an der Tür und beobachtete durch den Spalt, wie Miriam ein Stück treppab ging bis zu dem Podest, wo die Treppe umbog, und Kate ihr einen Teil des Wegs entgegenkam.

"I signed for it," Kate said, handing the telegram to Miriam. "I got something boiling on the stove," she said, but she stood and waited until Miriam read it. That was because she was so curious. The nerve of her, calling out Miriam's name like that, actually screaming it, "Miriam! Miriam!"

Miriam wasn't slender like Agnes and she wasn't pretty. Her mouth was too big. It was like her mother's mouth. Miriam was an intellectual and she had gone away to school, to the University of Chicago, and Agnes hadn't. Just when Agnes, who was four years older than Miriam, got out of high school, her father went and speculated, like a fool, and lost a lot of money. He got back on his feet again after three or four years, and then he offered to send Agnes away to school, but she wouldn't go. She wasn't going to be in classes where she was the oldest one.

Agnes thought she was prettier than Miriam. She knew she was. She thought it was foolish, wasting your time with books. Men didn't like bookish women. She had a mass of shining, reddish-brown hair and nice, interesting, grayish-green eyes. She spent a lot of time keeping herself looking nice. It paid. Sometimes Harry tried to kid her about it, but she knew how to tell Harry where to get off, for, once, she had seen something happen. It was with the maid, the married one, they'd had just before Kate came. Her name was Mrs Henry and her husband had got arrested for hitting a man with a billiard cue in a tough poolroom. She was good-looking, a tall blonde, and Agnes had heard things about her. Agnes wouldn't go so far as to say there was actually something between her and Harry, but one day

«Ich habe dafür unterschrieben», sagte Kate und händigte Miriam das Telegramm aus. «Bei mir kocht etwas auf dem Herd», sagte sie, aber sie blieb stehen und wartete, bis Miriam es gelesen hatte. Sie war ja so neugierig. Diese Unverfrorenheit, einfach Miriams Namen zu rufen, ihn richtig herauszuschreien: «Miriam, Miriam!»

Miriam war nicht schmächtig wie Agnes und sie war nicht hübsch. Ihr Mund war zu groß. Er war wie der ihrer Mutter. Miriam war eine Intellektuelle; sie war fortgegangen zum Studium, an die Universität von Chicago, Agnes aber nicht. Gerade als Agnes, die vier Jahre älter als Miriam war, die High School verließ, spekulierte ihr Vater wie ein Irrer und verlor eine Menge Geld. Nach drei oder vier Jahren bekam er wieder festen Boden unter die Füße, dann erbot er sich, Agnes studieren zu lassen, doch sie hatte keine Lust dazu. Sie wollte nicht in Vorlesungen sitzen, in denen sie die Älteste wäre.

Agnes dachte, dass sie hübscher sei als Miriam. Sie wusste es. Sie hielt es für töricht, dass man seine Zeit mit Büchern verschwendet. Die Männer mochten keine Büchernärrinnen. Sie hatte volles, glänzendes, rotbraunes Haar und freundliche, reizvolle, graugrüne Augen. Viel Zeit verwandte sie darauf, immer hübsch auszusehen. Es lohnte sich. Mitunter versuchte Harry, sie deswegen auf die Schippe zu nehmen, doch sie verstand es, ihm die Leviten zu lesen, denn einmal hatte sie gesehen, dass sich etwas abspielte. Und zwar mit der Hausgehilfin, der verheirateten Frau, die sie gehabt hatten, gerade bevor Kate kam. Sie hieß Mrs Henry, und ihr Mann war verhaftet worden, weil er in einem verrufenen Spiellokal einen Mann mit einem Billardstock verletzt hatte. Sie sah gut aus, eine große Blondine, und Agnes hatte manches über sie gehört. Agnes wollte sich nicht zu der Behauptung versteigen, es ha-

Harry was in the kitchen, where he never should have been, right in the middle of the afternoon. Agnes thought he was a little lit up. He was trying to get a piece of fried chicken out of the refrigerator and Mrs Henry didn't want him to have it. Agnes had come to the kitchen door and stood looking. Mrs Henry said that if Harry took any of the chicken there wouldn't be enough for dinner. The woman's first name was Alice. "Ah, what the hell, Alice?" Harry said, and then she started to push him away from the icebox; they were both laughing, and Harry gave her a quick push and turned her right around and slapped her on the place where a person sits down. It was a sign of something.

On the stairs that day, Kate, the new maid, was burning with curiosity. She didn't really care if something did boil over in the kitchen. If you get a telegram in a family and have a maid who is a country woman, just off the farm, she always thinks something dreadful must have happened. Country people, farmers, don't get telegrams except when someone dies. Miriam's hand trembled as she opened the envelope. She went to her room and put on her hat and coat and went downstairs and called her father out of her mother's room and said a few words to him Agnes couldn't hear, although she was in the "up hall" listening, and then Miriam went out. But afterward Agnes heard her father go back into his wife's room and heard him talking to her about the telegram. It said that Tom Haller was coming on Wednesday. It was only Monday now. He was coming to have it out with Miriam about a divorce. That was it. Agnes had got a good look at Miriam before she went out and saw how scared and upset she

be zwischen der Frau und Harry wirklich etwas gegeben, doch eines Tages hielt Harry sich in der Küche auf, wo er nicht hätte sein sollen, ausgerechnet mitten am Nachmittag. Agnes dachte, dass er ein bisschen benebelt war. Er versuchte ein Stück Brathuhn aus dem Kühlschrank zu holen, und Mrs Henry wollte es ihn nicht nehmen lassen. Agnes war an die Küchentür gekommen und sah zu. Mrs Henry sagte, dass nicht genug zum Abendessen da sei, wenn er etwas von dem Huhn nähme. Mit Vornamen hieß die Frau Alice. «Ach, was zum Teufel, Alice?» sagte Harry, und dann begann sie, ihn vom Kühlschrank wegzuschieben; sie lachten beide, und Harry gab ihr rasch einen Schubs, drehte sie rechts herum und patschte sie auf die Stelle, auf die man sich setzt. Das bedeutete doch etwas.

Auf der Treppe brannte die neue Hausgehilfin an jenem Tag vor Neugier. Es kümmerte sie wirklich nicht, ob in der Küche tatsächlich etwas überkochte. Wenn jemand in einer Familie ein Telegramm erhält und ein Dienstmädchen vom Land hat, gerade vom Bauernhof weg, so glaubt dieses immer, es müsse etwas Schreckliches vorgefallen sein. Leute vom Land, Bauern, erhalten keine Telegramme, außer wenn jemand stirbt. Miriams Hand zitterte, als sie den Umschlag öffnete. Sie ging auf ihr Zimmer, zog ihren Mantel an und setzte den Hut auf, ging die Treppe hinunter, rief ihren Vater aus dem Zimmer ihrer Mutter und sagte ein paar Worte zu ihm, die Agnes nicht hören konnte, obschon sie in der «oberen Diele» lauschte; dann verließ Miriam das Haus. Doch hinterher hörte Agnes, wie ihr Vater ins Zimmer seiner Frau zurückging und mit ihr über das Telegramm sprach. Es besagte, dass Tom Haller am Mittwoch kommen werde. Jetzt war erst Montag. Er werde kommen, um mit Miriam die Sache wegen einer Scheidung auszufechten. Das war's. Agnes hatte Miriam, ehe die wegging, genau betrachtet und gesehen,

looked. "I'm glad she's in trouble," she thought. Then she was ashamed and thought, "No, I'm not."

She had thought something was up when Miriam first came home from Chicago, two months before. She and Mollie Wilson, her mother, were always having whispered conferences, and there was a queer strained look in Miriam's eyes. She didn't have interesting eyes like Agnes's — they were a faded kind of blue. "I'll bet she's pregnant," Agnes thought at first, but later, before she found out the truth, she had already changed her mind. (Miriam and Tom Haller had been married three years. Miriam had got him when she went to Chicago to school.) Agnes had noticed things about Miriam, and wondered why she always looked as though she had been crying and why she was letting herself get fat. But she found out that it wasn't what she thought at first. Still, it was funny that neither Miriam nor her mother told Agnes, even though the Wilsons had always been a secretive family.

She thought that if it were herself — if she, rather than Miriam, had married Tom Haller — this couldn't have happened, because of the way she felt the first time she ever saw Tom, when he came to Carlsville to marry Miriam. She thought that, if it had been herself, she would have got pregnant right away, and decided that if she ever got married that would be the best way. "I'll bet I could, too," she thought.

She had a lot of thoughts, after Miriam got the telegram and before that, ever since Miriam had married Tom. Tom, who was tall and blond, had come from Chicago and had married Miriam in

wie entsetzt und verwirrt sie wirkte. «Mich freut's, dass sie in den Nesseln sitzt», dachte sie. Dann schämte sie sich und dachte: «Nein, es freut mich nicht.»

Sie hatte vermutet, dass etwas im Gange sei, als Miriam vor zwei Monaten erstmals aus Chicago nach Hause gekommen war. Sie und Mollie Wilson, ihre Mutter, hatten ständig Unterredungen im Flüsterton, und in Miriams Blick war ein seltsamer, angestrengter Ausdruck. Sie hatte keine auffälligen Augen, so wie die von Agnes – sie waren irgendwie blassblau. «Ich will wetten, dass sie schwanger ist», dachte Agnes zuerst, doch später, noch ehe sie die Wahrheit herausfand, hatte sie ihre Meinung schon geändert. (Miriam und Tom waren seit drei Jahren verheiratet. Miriam hatte ihn «aufgegabelt», als sie in Chicago studierte.) Agnes hatte an Miriam manches bemerkt und fragte sich, warum diese immer aussah, als hätte sie gerade geheult und warum sie es geschehen ließ, dass sie so dick wurde. Aber sie bekam heraus, dass es nicht das war, woran sie zuerst gedacht hatte. Dennoch war es seltsam, dass weder Miriam noch ihre Mutter etwas zu Agnes sagte, wenn auch die Wilsons immer schon eine heimlichtuerische Familie gewesen waren. Sie dachte, dass ihr selbst – wenn sie, an Stelle von Miriam, Tom Haller geheiratet hätte – dies nicht hätte widerfahren können, und zwar wegen der Art, wie ihr zumute war, als sie Tom überhaupt zum ersten Mal sah, nämlich als er nach Carlsville kam, um Miriam zu heiraten. Sie dachte, dass sie an Miriams Stelle gleich schwanger geworden wäre, und kam zu dem Schluss, dass dies, falls sie je heiraten sollte, der beste Weg wäre. «Ich wette, dass ich es auch könnte», überlegte sie.

Ihr gingen eine Menge Gedanken durch den Kopf, nachdem Miriam das Telegramm erhalten hatte und davor schon immer, seit Miriam geheiratet hatte. Tom, groß und blond, war aus Chicago gekommen und hatte

the Wilson's house in Carlsville. Agnes had been bridesmaid. It was quite a wedding, because Alfred Wilson was in politics. He was in the State Senate, and of course he had to invite everyone. The joke was that two of the most important men in Carlsville to invite, for political reasons, he didn't invite at all. He thought he had invited them, but he had not. Agnes had mailed the invitations, had carried them to the post office after they were addressed, and she had taken the two invitations out of the pile and torn them up. The wives of those two politicians were rarely invited anywhere by the best people, yet even so, Agnes hardly knew why she did it. She just did.

She herself, she thought, had been quite nice at the wedding. Tom Haller had come bringing another man with him, to be best man – certainly not a very interesting-looking man. He was older than Tom, a young professor of English or something, and he wore glasses and was shy. Agnes didn't like him at all and, besides, he was poor and an intellectual and nearsighted. Agnes would even bet anything that Tom had loaned his best man the money to come down to Carlsville from Chicago. Although she didn't want to say anything against Miriam, she just couldn't see what Tom and Miriam saw in each other, whereas if Miriam had taken a fancy to that English professor – he and Miriam both being so bookish – it would have made more sense. Of course she didn't say anything of that sort. She liked Tom. Once, when she was coming downstairs, the evening before the wedding – she had been upstairs in her room trying on her bridesmaid's gown and was going down to show it to her

Miriam im Haus der Wilsons in Carlsville geheiratet. Agnes war Brautjungfer gewesen. Es war eine ziemlich große Hochzeit, weil Alfred Wilson in der Politik tätig war. Er saß im Senat des Staates, und natürlich musste er jeden einladen. Der Witz war, dass er zwei der bedeutendsten Männer in Carlsville, die aus politischen Gründen eingeladen werden sollten, überhaupt nicht einlud. Er dachte, er habe sie eingeladen, doch dem war nicht so. Agnes hatte die Einladungen aufgegeben, hatte sie, nachdem sie mit der Anschrift versehen waren, zur Post gebracht; die zwei Einladungen hatte sie aus dem Stapel herausgenommen und zerrissen. Die Frauen dieser beiden Politiker wurden selten von den besten Leuten irgendwohin eingeladen, allerdings wusste Agnes kaum, warum sie das tat. Sie tat es einfach.

Sie selbst, glaubte sie, sei bei der Hochzeit ganz nett gewesen. Tom Haller hatte noch einen Mann mitgebracht, der den Trauzeugen machen sollte – sicherlich kein sehr hinreißend aussehender Mensch. Er war älter als Tom, ein junger Englischprofessor oder so etwas, er trug eine Brille und war schüchtern. Agnes mochte ihn überhaupt nicht, und ausserdem war er arm, ein Intellektueller und kurzsichtig. Agnes würde sogar um alles wetten, dass Tom seinem Trauzeugen das Geld für die Fahrt von Chicago nach Carlsville geliehen hatte. Obwohl sie nichts gegen Miriam sagen wollte, konnte sie einfach nicht begreifen, was Tom und Miriam aneinander fanden, wohingegen es vernünftiger gewesen wäre, wenn Miriam an diesem Englischprofessor Gefallen gefunden hätte, weil doch beide so belesen waren. Natürlich ließ sie nichts dergleichen verlauten. Sie mochte Tom. Als sie einmal, am Abend vor der Hochzeit, die Treppe herunterkam – sie war oben in ihrem Zimmer gewesen, um ihr Brautjungferkleid anzuprobieren und ging gerade hinunter, um es ihrer Mutter vorzuführen –, begegnete sie Tom auf der Treppe, und er nahm

mother – she met Tom on the stairs, and he suddenly took her into his arms and kissed her. He said it was a brotherly kiss, but it wasn't. She knew better than that.

Finally, that day, after she had found out what all the other Wilsons knew, none of them having bothered to tell her, Agnes went up into her own room and sat by a window. She had a very satisfactory hour sitting up there and thinking. So the family hadn't thought it wise to tell her. Tom Haller was coming to see Miriam to talk over with her the matter of getting a divorce. Anyway, Tom couldn't get married again until he got the divorce, but, in spite of her father, Miriam would let him have it. Very likely she wouldn't even ask for alimony. Miriam was a fool. Agnes remembered again that moment on the stairs with Tom, the night before his wedding. "They are all fools," Agnes thought, and decided that if the family wanted to go on keeping things from her, she would be justified in keeping secret her own plans. She sat for a time having her own thoughts, and then got up and looked at herself in the glass. Tom Haller was to arrive in two days. "I'll go and get me a permanent tomorrow," she thought.

sie plötzlich in die Arme und küsste sie. Er sagte, es sei ein Bruderkuss, doch das stimmte nicht. Sie wusste es besser.

Nachdem sie an diesem Tag herausbekommen hatte, was alle anderen Wilsons wussten, ohne dass einer von ihnen sich die Mühe gemacht hatte, ihr etwas zu sagen, ging Agnes schließlich in ihr Zimmer hinauf und setzte sich an ein Fenster. Sie verbrachte eine sehr befriedigende Stunde, während sie dort saß und nachdachte. Die Familie hatte es also für klug befunden, ihr nichts zu sagen. Tom Haller würde kommen, um Miriam aufzusuchen und mit ihr zu besprechen, wie eine Scheidung zu erreichen sei. Tom konnte sowieso erst wieder heiraten, wenn er geschieden war, aber trotz ihres Vaters wollte Miriam in die Scheidung einwilligen. Höchstwahrscheinlich würde sie nicht einmal Unterhalt verlangen. Miriam war verrückt. Agnes erinnerte sich wieder an jenen Augenblick auf der Treppe mit Tom, am Abend vor seiner Hochzeit. «Sie sind alle verrückt», dachte sie und fand: wenn die Familie weiterhin alles von ihr fernhalten wollte, so sei sie berechtigt, ihre eigenen Pläne geheimzuhalten. Sie saß eine Zeitlang da und hing ihren eigenen Gedanken nach, stand dann auf und betrachtete sich im Spiegel. Tom Haller sollte in zwei Tagen ankommen. «Ich werde mir morgen eine Dauerwelle machen lassen», dachte sie.

They were closing the drugstore, and Alfred Higgins, who had just taken off his white jacket, was putting on his coat and getting ready to go home. The little gray-haired man, Sam Carr, who owned the drugstore, was bending down behind the cash register, and when Alfred Higgins passed him, he looked up and said softly, "Just a moment, Alfred. One moment before you go."

The soft, confident, quiet way in which Sam Carr spoke made Alfred start to button his coat nervously. He felt sure his face was white. Sam Carr usually said, "Good night," brusquely, without looking up. In the six months he had been working in the drugstore Alfred had never heard his employer speak softly like that. His heart began to beat so loud it was hard for him to get his breath. "What is it, Mr Carr?" he asked.

"Maybe you'd be good enough to take a few things out of your pocket and leave them here before you go," Sam Carr said.

"What things? What are you talking about?"

"You've got a compact and a lipstick and at least two tubes of toothpaste in your pockets, Alfred."

"What do you mean? Do you think I'm crazy?" Alfred blustered. His face got red and he knew he looked fierce with indignation. But Sam Carr, standing by the door with his blue eyes shining bright behind his glasses and his lips moving underneath his gray mustache, only nodded his head a few times, and then Alfred grew very frightened and he didn't know what to say. Slowly he raised his hand and dipped it into his pocket, and with his eyes never meeting Sam

26
27

Der Drugstore wurde gerade geschlossen, und Alfred Higgins, der eben seinen weißen Kittel abgelegt hatte, zog den Mantel an und machte sich fertig, nach Hause zu gehen. Sam Carr, das grauhaarige Männchen, dem der Drugstore gehörte, beugte sich hinter seiner Registrierkasse hinab, und als Alfred Higgins vorbeiging, sah er auf und sagte sanft: «Nur einen Augenblick, Alfred. Einen Augenblick, bevor Sie gehen.»

Die sanfte, bestimmte, ruhige Art, in der Sam Carr sprach, bewirkte, dass Alfred anfing, aufgeregt seinen Mantel zuzuknöpfen. Er hatte das Gefühl, blass geworden zu sein. Sonst sagte Sam Carr «Gute Nacht!», kurz angebunden und ohne aufzuschauen. In dem halben Jahr, dass Alfred im Drugstore arbeitete, hatte er seinen Arbeitgeber nie so sanft sprechen hören. Sein Herz begann derart laut zu schlagen, dass er kaum Luft bekam. «Was gibt's, Mr Carr?» fragte er.

«Vielleicht wären Sie so freundlich, ein paar Sachen aus Ihrer Tasche zu nehmen und sie hier zu lassen, ehe Sie gehen», sagte Sam Carr.

«Was für Sachen? Wovon sprechen Sie?»

«Sie haben eine Puderdose, einen Lippenstift und mindestens zwei Tuben Zahnpasta in Ihren Taschen, Alfred.»

«Was glauben Sie? Halten Sie mich für verrückt?» polterte Alfred. Er lief rot an und wusste, dass er vor Entrüstung wütend dreinblickte. Doch Sam Carr, mit seinen blauen Augen, die hell hinter der Brille strahlten, und mit seinen Lippen, die sich unter dem grauen Schnurrbart bewegten, stand an der Tür und nickte nur ein paarmal; da bekam es Alfred gewaltig mit der Angst zu tun und wusste nicht, was er sagen sollte. Langsam hob er die Hand, griff in seine Tasche, zog, ohne Sam auch nur einmal in die Augen zu blicken,

Carr's eyes, he took out a blue compact and two tubes of toothpaste and a lipstick, and he laid them one by one on the counter.

"Petty thieving, eh, Alfred?" Sam Carr said. "And maybe you'd be good enough to tell me how long this has been going on."

"This is the first time I ever took anything."

"So now you think you'll tell me a lie, eh? What kind of a sap do I look like, huh? I don't know what goes on in my own store, eh? I tell you you've been doing this pretty steady," Sam Carr said as he went over and stood behind the cash register.

Ever since Alfred had left school he had been getting into trouble wherever he worked. He lived at home with his mother and his father, who was a printer.

His two older brothers were married and his sister had got married last year, and it would have been all right for his parents now if Alfred had only been able to keep a job.

While Sam Carr smiled and stroked the side of his face very delicately with the tips of his fingers, Alfred began to feel that familiar terror growing in him that had been in him every time he had got into such trouble.

"I liked you," Sam Carr was saying. "I liked you and would have trusted you, and now look what I got to do." While Alfred watched with his alert, frightened blue eyes, Sam Carr drummed with his fingers on the counter. "I don't like to call a cop in point-blank," he was saying as he looked very worried. "You're fool, and maybe I should call your father and tell him you're a fool. Maybe I should let them know I'm going to have you locked up."

eine blaue Puderdose, zwei Tuben Zahnpasta und einen Lippenstift heraus und legte die Sachen nacheinander auf den Ladentisch.

«Kleiner Diebstahl, was, Alfred?» sagte Sam Carr. «Und vielleicht wären Sie so nett, mir zu sagen, wie lange das schon so vor sich geht.»

«Es ist das erstemal, dass ich was genommen habe.»

«Sie glauben also, mich belügen zu können, wie? Für was für einen Gimpel halten Sie mich, he? Ich weiss wohl nicht, was in meinem eigenen Laden vor sich geht, wie? Ich behaupte: Sie haben das ziemlich regelmäßig betrieben», sagte Sam Carr, während er sich wieder hinter die Registrierkasse stellte.

Seit der Zeit, da Alfred die Schule verlassen hatte, war er überall, wo er arbeitete, in Schwierigkeiten gekommen. Er wohnte daheim bei seiner Mutter und seinem Vater, der Drucker war. Seine beiden älteren Brüder waren verheiratet, seine Schwester hatte im vergangenen Jahr geheiratet, und für seine Eltern wäre jetzt alles in Ordnung gewesen, wenn nur Alfred eine Stelle hätte behalten können.

Während Sam Carr lächelte und mit den Fingerspitzen sich sehr behutsam über die Seite seines Gesichts strich, begann Alfred zu spüren, wie jener vertraute Schrecken in ihm wuchs, der ihn jedesmal befallen hatte, wenn er in so ein Schlamassel geraten war.

«Ich habe Sie gemocht», sagte Sam Carr. «Ich habe Sie gemocht und hätte Ihnen vertraut, und sehen Sie jetzt, was ich tun muss.» Während Alfred mit seinen wachen, erschreckten, blauen Augen zuschaute, trommelte Sam Carr mit den Fingern auf den Ladentisch. «Ich hole nicht gern schnurstracks einen Polizisten herein», sagte er und blickte gequält. «Sie sind ein Narr, und vielleicht sollte ich Ihren Vater rufen und ihm sagen, dass Sie ein Narr sind. Oder vielleicht sollte ich Ihren Eltern mitteilen, dass ich Sie einsperren lasse.»

"My father's not at home. He's a printer. He works nights," Alfred said.

"Who's at home?"

"My mother, I guess."

"Then we'll see what she says." Sam Carr went to the phone and dialled the number. Alfred was not so much ashamed, but there was that deep fright growing in him, and he blurted out arrogantly, like a strong, full-grown man, "Just a minute. You don't need to draw anybody else in. You don't need to tell her." He wanted to sound like a swaggering, big guy who could look after himself, yet the old, childish hope was in him, the longing that someone at home would come and help him. "Yeah, that's right, he's in trouble," Mr Carr was saying. "Yeah, your boy works for me. You'd better come down in a hurry." And when he was finished Mr Carr went over to the door and looked out at the street and watched the people passing in the late summer night. "I'll keep my eye out for a cop" was all he said.

Alfred knew how his mother would come rushing in; she would rush in with her eyes blazing, or maybe she would be crying, and she would push him away when he tried to talk to her, and make him feel her dreadful contempt; yet he longed that she might come before Mr Carr saw the cop on the beat passing the door.

While they waited – and it seemed a long time – they did not speak, and when at last they heard someone tapping on the closed door, Mr Carr, turning the latch, said crisply, "Come in, Mrs Higgins." He looked hard-faced and stern.

Mrs Higgins must have been going to bed when he telephoned, for her hair was tucked in

«Mein Vater ist nicht zu Hause. Er ist Drucker. Er arbeitet nachts», sagte Alfred.

«Wer ist daheim?»

«Meine Mutter, wahrscheinlich.»

«Dann wollen wir sehen, was sie sagt.» Sam Carr ging ans Telefon und wählte. Alfred schämte sich gar nicht so sehr, doch wuchs in ihm die große Furcht; er blaffte überheblich, wie ein starker, erwachsener Mann, heraus: «Nur einen Augenblick. Sie brauchen sonst niemanden hereinzuziehen. Sie brauchen ihr nichts zu erzählen.» Er wollte wie ein großspuriger, kräftiger Kerl erscheinen, der sich selber um sich kümmern kann, aber es steckte die alte, kindliche Hoffnung in ihm, das Verlangen, dass jemand von zu Hause käme, um ihm zu helfen. «Ja, richtig, er ist in der Klemme», sagte Mr Carr gerade. «Ja, Ihr Junge arbeitet für mich. Es wäre gut, Sie kämen rasch her.» Als Mr Carr fertig war, ging er hinüber zur Tür, sah auf die Straße hinaus und beobachtete die Leute, die an dem Spätsommerabend vorübergingen. «Ich will nach einem Polizisten Ausschau halten» war alles, was er sagte.

Alfred wusste, wie seine Mutter hereingestürmt käme; sie käme herein mit flammenden Augen, heulte vielleicht und stieße ihn weg, wenn er versuchte, mit ihr zu reden, und sie ließe ihn ihre fürchterliche Verachtung spüren; aber er sehnte sich danach, sie möge kommen, ehe Mr Carr den Schutzmann sah, der auf seiner Streife an der Tür vorbeikam.

Während sie warteten – und die Zeit erschien lang –, sprachen sie nicht, und als sie schließlich hörten, wie jemand an der verschlossenen Tür klopfte, sagte Mr Carr, der das Schnappschloss umdrehte, kurz: «Kommen Sie herein, Mrs Higgins.» Er sah streng und unnachgiebig aus.

Mrs Higgins musste gerade zu Bett gegangen sein, als er anrief, denn ihr Haar war lose unter den Hut

loosely under her hat, and her hand at her throat held her light coat tight across her chest so her dress would not show. She came in, large and plump, with a little smile on her friendly face. Most of the store lights had been turned out and at first she did not see Alfred, who was standing in the shadow at the end of the counter. Yet as soon as she saw him she did not look as Alfred thought she would look: she smiled, her blue eyes never wavered, and with a calmness and dignity that made them forget that her clothes seemed to have been thrown on her, she put out her hand to Mr Carr and said politely, "I'm Mrs Higgins. I'm Alfred's mother."

Mr Carr was a bit embarrassed by her lack of terror and her simplicity, and he hardly knew what to say to her, so she asked, "Is Alfred in trouble?"

"He is. He's been taking things from the store. I caught him red-handed. Little things like compacts and toothpaste and lipsticks. Stuff he can sell easily," the proprietor said.

As she listened Mrs Higgins looked at Alfred sometimes and nodded her head sadly, and when Sam Carr had finished she said gravely, "Is it so, Alfred?"

"Yes."

"Why have you been doing it?"

"I been spending money, I guess."

"On what?"

"Going around with the guys, I guess," Alfred said.

Mrs Higgins put out her hand and touched Sam Carr's arm with an understanding gentle-
ness, and speaking as though afraid of disturbing him, she said, "If you would only listen to

gesteckt, und ihre Hand an der Kehle hielt den leichten Mantel eng über der Brust fest, damit man ihr Kleid nicht sehe. Sie trat ein, groß und dick, einen Anflug von Lächeln auf dem freundlichen Gesicht. Die meisten Lampen im Geschäft waren ausgedreht worden, und zunächst sah sie Alfred nicht, der am Ende des Ladentisches im Schatten stand. Doch sobald sie ihn sah, blickte sie nicht so drein, wie Alfred es erwartet hatte: sie lächelte, ihre blauen Augen flackerten nie, und mit einer Ruhe und Würde, die vergessen ließen, dass sie ihre Kleidung anscheinend nur rasch übergestreift hatte, streckte sie Mr Carr die Hand entgegen und sagte höflich: «Ich bin Mrs Higgins. Ich bin Alfreds Mutter.»

Mr Carr war ein wenig verlegen, weil sie so schlicht und ganz ohne Schreck war, und er wusste kaum, was er zu ihr sagen sollte; daher fragte sie: «Ist Alfred in Schwierigkeiten?»

«Ja. Er hat Sachen aus dem Laden entwendet. Ich habe ihn auf frischer Tat ertappt. Kleinigkeiten wie Puderdosen, Zahnpasta, Lippenstifte. Dinge, die er leicht verkaufen kann», sagte der Eigentümer.

Während sie zuhörte, blickte Mrs Higgins Alfred manchmal an und nickte traurig mit dem Kopf, und als Sam geendet hatte, sagte sie ernst: «Ist es so, Alfred?»

«Ja.»

«Warum hast du es getan?»

«Ich hab wohl Geld ausgegeben.»

«Wofür?»

«Um halt mit den Kumpels herumzuziehen», sagte Alfred.

Mrs Higgins streckte die Hand aus und berührte Sam Carrs Arm mit verständnisvoller Liebenswürdigkeit. Als fürchtete sie, den Mann zu stören, sagte sie: «Wenn Sie mir bloß zuhören wollten, ehe Sie etwas

me before doing anything." Her simple earnestness made her shy; her humility made her falter and look away, but in a moment she was smiling gravely again, and she said with a kind of patient dignity, "What did you intend to do, Mr Carr?"

"I was going to get a cop. That's what I ought to do."

"Yes, I suppose so. It's not for me to say, because he's my son. Yet I sometimes think a little good advice is the best thing for a boy when he's at a certain period in his life," she said.

Alfred couldn't understand his mother's quiet composure, for if they had been at home and someone had suggested that he was going to be arrested, he knew she would be in a rage and would cry out against him. Yet now she was standing there with that gentle, pleading smile on her face, saying, "I wonder if you don't think it would be better just to let him come home with me. He looks a big fellow, doesn't he? It takes some of them a long time to get any sense," and they both stared at Alfred, who shifted away with a bit of light shining for a moment on his thin face and the tiny pimples over his cheekbone.

But even while he was turning away uneasily Alfred was realizing that Mr Carr had become aware that his mother was really a fine woman; he knew that Sam Carr was puzzled by his mother, as if he had expected her to come in and plead with him tearfully, and instead he was being made to feel a bit ashamed by her vast tolerance. While there was only the sound of the mother's soft, assured voice in the store, Mr Carr began to nod his head encouragingly at her.

unternehmen.» Ihr schlichter Ernst machte sie scheu; ihre Unterwürfigkeit ließ sie zögern und wegblicken, doch sofort lächelte sie wieder ernst, und mit einer Art geduldiger Würde fragte sie: «Was gedachten Sie zu tun, Mr Carr?»

«Ich wollte einen Polizisten holen. Das sollte ich auch tun.»

«Ja, das denke ich mir. Nicht meinetwegen sage ich's, weil er mein Sohn ist. Doch manchmal meine ich, dass ein kleiner guter Rat das Beste ist, wenn sich ein Junge in einem gewissen Abschnitt seines Lebens befindet», sagte sie.

Alfred konnte die Gelassenheit seiner Mutter nicht verstehen, denn wenn sie daheim gewesen wären, und jemand hätte angedeutet, er werde verhaftet, wusste er, dass sie in Wut geraten und ihn heftig ausschelten würde. Doch jetzt stand sie da mit jenem sanften, flehenden Lächeln im Gesicht und sagte: «Ich frage mich, ob Sie nicht glauben, dass es besser wäre, ihn einfach mit mir nach Hause gehen zu lassen. Er schaut wie ein großer Bursche aus, nicht wahr? Manche von ihnen brauchen lange, um zur Vernunft zu kommen», und sie beide starrten Alfred an, der sich abwandte, wobei einen Augenblick lang ein bisschen Licht auf sein schmales Gesicht und die winzigen Pickel über seinen Backenknochen fiel.

Aber sogar während er sich unruhig abwandte, erkannte Alfred, dass Mr Carr gemerkt hatte, dass seine Mutter wirklich eine feine Frau war; er wusste, dass sie Sam Carr verblüfft hatte, als hätte er erwartet, dass sie hereinkäme und ihn weinend verteidigte. Statt dessen wurde er ein wenig beschämt durch ihre ungeheure Nachsicht. Während im Laden nur der Klang der sanften, festen Stimme der Mutter vernehmbar war, begann Mr Carr, ihr ermutigend zuzunicken. Ohne verängstigt zu sein, wurde sie in dem schwach be-

Without being alarmed, while being just large and still and simple and hopeful, she was becoming dominant there in the dimly lit store. "Of course, I don't want to be harsh," Mr Carr was saying. "I'll tell you what I'll do. I'll just fire him and let it go at that. How's that?" and he got up and shook hands with Mrs Higgins, bowing low to her in deep respect.

There was such warmth and gratitude in the way she said, "I'll never forget your kindness," that Mr Carr began to feel warm and genial himself.

"Sorry we had to meet this way," he said. "But I'm glad I got in touch with you. Just wanted to do the right thing, that's all," he said.

"It's better to meet like this than never, isn't it?" she said. Suddenly they clasped hands as if they liked each other, as if they had known each other a long time. "Good night, sir," she said.

"Good night, Mrs Higgins. I'm truly sorry," he said.

The mother and son walked along the street together, and the mother was taking a long, firm stride as she looked ahead with her stern face full of worry. Alfred was afraid to speak to her, he was afraid of the silence that was between them, so he only looked ahead too, for the excitement and relief were still pretty strong in him; but in a little while, going along like that in silence made him terribly aware of the strength and the sternness in her; he began to wonder what she was thinking of as she stared ahead so grimly; she seemed to have forgotten that he walked beside her; so when they were passing under the Sixth Avenue elevated and the rumble of the

leuchteten Laden die beherrschende Gestalt, obgleich sie bloß groß, ruhig, schlicht und voller Erwartung war. «Natürlich will ich nicht gefühllos sein», sagte Mr Carr. «Ich will Ihnen sagen, was ich tun werde. Ich entlasse ihn einfach, und dabei soll es sein Bewenden haben. Einverstanden?» Und er stand auf, gab Mrs Higgins die Hand und verneigte sich vor ihr in großer Ehrerbietung.

Es war eine solche Wärme und Dankbarkeit in der Art, wie sie sagte: «Ich werde Ihre Güte nie vergessen», dass es sogar Mr Carr warm und liebenswürdig ums Herz wurde.

«Tut mir leid, dass wir uns auf diese Weise begegnen mussten», sagte er. «Aber ich bin froh, dass ich mit Ihnen in Verbindung trat. Wollte einfach das Richtige tun, das ist alles», bemerkte er.

«Es ist besser, man trifft sich so als nie, stimmt's?» sagte sie. Plötzlich drückten sie sich die Hände, als hätten sie sich gern, als kennten sie sich schon lange. «Gute Nacht, Sir», sagte sie.

«Gute Nacht, Mrs Higgins. Es tut mir wirklich leid», sagte er.

Mutter und Sohn gingen zusammen die Straße entlang, die Mutter mit festem, zügigem Schritt und geradeaus blickend, das strenge Gesicht voller Kummer. Alfred fürchtete sich, sie anzusprechen, er fürchtete sich vor dem Schweigen, das zwischen ihnen stand; deshalb blickte auch er nur geradeaus, denn die Erregung und die Erleichterung waren noch ziemlich stark in ihm; aber nach kurzer Zeit ließ dieses wortlose Dahinmarschieren ihm die Stärke und Strenge der Mutter bewusst werden; er begann sich zu fragen, woran sie dachte, während sie so grimmig vor sich hin starrte; sie schien vergessen zu haben, dass er neben ihr trottete. Als sie gerade unter der Hochbahn der Sechsten Avenue hindurchkamen und das Rattern des Zuges

train seemed to break the silence, he said in his old, blustering way, "Thank God it turned out like that. I certainly won't get in a jam like that again."

"Be quiet. Don't speak to me. You've disgraced me again and again," she said bitterly.

"That's the last time. That's all I'm saying."

"Have the decency to be quiet," she snapped. They kept on their way, looking straight ahead.

When they were at home and his mother took off her coat, Alfred saw that she was really only half-dressed, and she made him feel afraid again when she said, without even looking at him, "You're a bad lot. God forgive you. It's one thing after another and always has been. Why do you stand there stupidly? Go to bed, why don't you?" When he was going, she said, "I'm going to make myself a cup of tea. Mind, now, not a word about tonight to your father."

While Alfred was undressing in his bedroom, he heard his mother moving around the kitchen. She filled the kettle and put it on the stove. She moved a chair. And as he listened there was no shame in him, just wonder and a kind of admiration of her strength and repose. He could still see Sam Carr nodding his head encouragingly to her; he could hear her talking simply and earnestly, and as he sat on his bed he felt a pride in her strength. "She certainly was smooth," he thought. "Gee, I'd like to tell her she sounded swell."

And at last he got up and went along to the kitchen, and when he was at the door he saw his mother pouring herself a cup of tea. He watched and he didn't move. Her face, as she sat there, was a frightened, broken face utterly unlike the

das Schweigen zu brechen schien, sagte er daher in seiner alten, ruppigen Art: «Gott sei Dank, dass es so ausgegangen ist. In ein solches Schlamassel werde ich gewiss nicht wieder kommen.»

«Sei still! Sprich nicht mit mir! Du hast mir immer wieder Schande gemacht», sagte sie bitter.

«Das ist das letzte Mal. Das ist alles, was ich sage.»

«Sei wenigstens so anständig, den Mund zu halten!» fauchte sie. Sie starrten beim Gehen geradeaus.

Als sie zu Hause waren, und seine Mutter den Mantel auszog, sah Alfred, dass sie wirklich nur halb angekleidet war, und sie machte ihm wieder angst, als sie, ohne ihn auch nur anzublicken, sagte: «Du bist ein schlimmer Kerl. Gott möge dir verzeihen. Da kommt ein Ding nach dem andern, und so ist es immer gewesen. Warum stehst du dämlich hier? Geh ins Bett, warum gehst du denn nicht?» Als er sich trollte, sagte sie: «Ich mache mir jetzt eine Tasse Tee. Wohlgemerkt jetzt, kein Wort über heute abend zu Vater!»

Während Alfred sich in seinem Schlafzimmer auszog, hörte er, wie seine Mutter in der Küche herumging. Sie füllte den Kessel und stellte ihn auf den Herd. Sie rückte einen Stuhl. Und wie er so lauschte, empfand er keine Scham, sondern nur ein Staunen und so etwas wie Bewunderung ihrer Stärke und Gelassenheit. Er konnte noch immer sehen, wie Sam Carr ihr ermutigend zunickte; er konnte hören, wie sie schlicht und ernst sprach, und als er auf seinem Bett saß, verspürte er Stolz auf ihre Stärke. «Sie war zweifellos gewandt», dachte er. «Mensch, ich möchte ihr gern sagen, dass sie prima wirkte.»

Schließlich stand er auf und ging weiter zur Küche, und als er an der Tür war, sah er, wie seine Mutter sich eine Tasse Tee einschenkte. Er sah zu und rührte sich nicht. Ihr Gesicht war, wie sie dasaß, ein erschrecktes, verzweifeltes Gesicht, so ganz anders als das Gesicht

face of a woman who had been so assured a little while ago in the drugstore. When she reached out and lifted the kettle to pour hot water in her cup, her hand trembled and the water splashed on the stove. Leaning back in the chair, she sighed and lifted the cup to her lips, and her lips were groping loosely as if they would never reach the cup. She swallowed the hot tea eagerly, and then she straightened up in relief, though her hand holding the cup still trembled. She looked very old.

It seemed to Alfred that this was the way it had been every time he had been in trouble before, that this trembling had really been in her as she hurried out half-dressed to the drugstore. He understood why she had sat alone in the kitchen the night his young sister had kept repeating doggedly that she was getting married. Now he felt all that his mother had been thinking of as they walked along the street together a little while ago. He watched his mother, and he never spoke, but at that moment his youth seemed to be over; he knew all the years of her life by the way her hand trembled as she raised the cup to her lips. It seemed to him that this was the first time he had ever looked upon his mother.

einer Frau, die vor kurzem im Drugstore so gefestigt gewesen war. Als sie die Hand ausstreckte und den Kessel anhob, um sich heißes Wasser in die Tasse zu gießen, zitterte ihre Hand, und das Wasser spritzte auf den Herd. Sie lehnte sich auf dem Stuhl zurück, seufzte und hob die Tasse an die Lippen, und ihre Lippen suchten unsicher, als würden sie die Tasse nie erreichen. Sie schluckte gierig den heißen Tee und richtete sich dann erleichtert auf, obgleich ihre Hand, welche die Tasse hielt, noch immer zitterte. Die Frau sah sehr alt aus.

Alfred hatte den Eindruck, dass es jedesmal so gewesen sei, wenn er früher in Schwierigkeiten war, und dass dieses Zittern wirklich in ihr gesteckt habe, als sie halb angekleidet zum Drugstore eilte. Er verstand, warum sie in der Nacht, in der seine jüngere Schwester stur wiederholt hatte, sie werde heiraten, allein in der Küche gesessen hatte. Jetzt fühlte er alles, woran seine Mutter gedacht hatte, als sie vor kurzem zusammen die Straße entlang gegangen waren. Er beobachtete seine Mutter und sprach wahrhaftig nicht, aber in diesem Augenblick schien seine Jugend vorbei zu sein; er kannte all die Jahre ihres Lebens an der Art, wie ihre Hand zitterte, wenn sie die Tasse an die Lippen hob. Ihm war, als hätte er seine Mutter überhaupt zum erstenmal angeschaut.

I was sitting in my usual seat at the lamppost
in Owen D. Larkin Park, reading a newspaper
while I waited for the Macy's Walking Club. This
was the humorous name three girls I know gave
themselves, because they all worked at Macy's
department store. They were Ruth, Betty, and
Gertrude. I always waited for Gertrude in the
park, since I couldn't take her to a night club or
some place like that, and it wouldn't do for me
to spend too much time at her home when her
parents knew I was unable to consider mar-
riage because of financial circumstances. Most
young couples, I think, will understand how it
happened that the scene of my meetings with
Gertrude was usually out of doors, and I chose
Owen D. Larkin Park because there at least you
could sit down.

While I waited that day, Mrs Rand, who was
the mother of young Dr. Rand, came along and
took a seat near me. She was a tidy little woman,
very proud and happy since she was, after all, the
mother of a doctor of medicine. To her it was not
only an honor but the satisfaction of a lifetime,
and she came to the park regularly every evening
to feel superior over the rest of us.

"Grass and trees and fresh air from the river,"
she sighed, looking about her. "The park is just
like a wilderness."

"This is no park, Mrs Rand," I said, killing
time. Owen D. Larkin Park in Brooklyn is really
a small plaza, an odd triangular area which the
streets left when they intersected haphazardly.
To fill up the space, the city had planted some
greenery and so it was a park. "Were you ever

Daniel Fuchs: Liebe in Brooklyn

Ich saß auf meinem gewohnten Platz neben dem Laternenpfahl im Owen D. Larkin Park und las eine Zeitung, während ich auf Macys Wanderverein wartete. Diesen ulkigen Namen hatten sich drei Mädchen, die ich kenne, beigelegt, weil sie alle im Warenhaus Macy arbeiteten. Sie hießen Ruth, Betty und Gertrude. Ich wartete auf Gertrude immer im Park, da ich sie nicht in einen Nachtklub oder ein vergleichbares Lokal führen konnte, und es passte mir nicht, zu viel Zeit bei ihr zu Hause zu verbringen, wussten ihre Eltern doch, dass ich aus finanziellen Gründen nicht an eine Heirat denken konnte. Die meisten jungen Leute, glaube ich, werden verstehen, wie es dazu kam, dass ich mich mit Gertrude gewöhnlich im Freien traf, und ich wählte den Owen D. Larkin Park, weil man sich da wenigstens setzen konnte.

Während ich an jenem Tag wartete, kam Mrs Rand, die Mutter des jungen Dr. Rand, des Wegs und setzte sich neben mich. Sie war eine auf Ordnung bedachte, kleine Frau, sehr stolz und glücklich, da sie ja schließlich die Mutter eines Doktors der Medizin war. Für sie war es nicht nur eine Ehre, sondern die Erfüllung eines Lebens, und sie kam regelmäßig jeden Abend in den Park, um sich uns anderen überlegen zu fühlen.

«Gras und Bäume und frische Luft vom Fluss her», seufzte sie und blickte um sich. «Der Park ist einfach wie freie Natur.»

«Das ist kein Park, Mrs Rand», sagte ich, um die Zeit totzuschlagen. Der Owen D. Larkin Park in Brooklyn ist in Wirklichkeit ein kleiner Platz, eine merkwürdige dreieckige Fläche, die von den Straßen, als sie sich aufs Geratewohl kreuzten, übriggelassen wurde. Um den Raum zu füllen, hatte die Stadt etwas Grün gepflanzt, und so entstand daraus ein Park. «Sind Sie je im Cen-

in Central Park?" I asked Mrs Rand. "Or Bronx Park? They're something. They're parks."

"No, Mr Peru," the doctor's mother said to me. "I don't travel hardly nowhere. My son the doctor, he don't like me to go in the hot, congested subways."

"I can appreciate the point of view," I said. "But this place is really nothing. Those others are real parks."

Mrs Rand refused, as always, to be impressed, having no further room for admiration. It was enough for her that her son was "the doctor," and other glories seemed to her irrelevant and trifling.

"My son the doctor," she said, "once he went to Bermuda. A cruise he took."

Then suddenly she stopped, all warmth left her voice, and she turned her back. That meant, I knew, that she saw the Macy's Walking Club arriving, for she had taken a sharp dislike to Ruth.

I suppose she had her reasons, even then. Gertrude and the other two girls were coming up the path and I rose to greet them.

The girls stopped and Gertrude settled down on an empty bench for a little chat with me. Betty took up an impatient position a little distance away and started whimpering, "I should like to inquire whether we're going to stay here all night or did we start for a walk in the first place?"

"Just a minute," Gertrude told her. "Let's rest for a while."

"No one takes my inclinations into consideration," Betty said. "I was putting curlers in my hair after supper. Ruth comes along and says

tral Park gewesen?» fragte ich Mrs Rand. «Oder im Bronx Park? Das sind welche. Das sind Parks.»

«Nein, Mr Peru», sagte die Mutter des Arztes zu mir. «Ich fahre kaum noch irgendwohin. Mein Sohn, der Doktor, hat es nicht gern, dass ich die heißen, verstopften U-Bahnen benutze.»

«Ich kann die Ansicht nachvollziehen», sagte ich. «Aber dieser Platz hier ist wirklich nichts. Diese anderen, das sind echte Parks.»

Wie immer, weigerte sich Mrs Rand, beeindruckt zu sein, da sie keinen weiteren Raum für Bewunderung hatte. Es genügte ihr, dass ihr Sohn «der Doktor» war, alle anderen Herrlichkeiten erschienen ihr belanglos und läppisch.

«Mein Sohn der Doktor», sagte sie, «reiste einmal nach Bermuda. Er machte eine Kreuzfahrt.»

Dann hielt sie plötzlich inne, aus ihrer Stimme schwand jede Wärme, und sie kehrte mir den Rücken zu. Das bedeutete – ich wusste es –, dass sie sah, wie Macys Wanderverein anrückte, denn gegen Ruth hatte sie eine heftige Abneigung gefasst. Vermutlich hatte sie schon damals ihre Gründe dafür. Gertrude und die beiden anderen Mädchen kamen den Weg herauf, und ich erhob mich, um sie zu begrüßen.

Die Mädchen blieben stehen, und Gertrude ließ sich auf einer freien Bank nieder, um mit mir ein bisschen zu plaudern. Betty nahm ein wenig entfernt von uns eine ungeduldige Haltung ein und begann zu jammern: «Ich würde gern anfragen, ob wir die ganze Nacht hier bleiben werden, oder sind wir aufgebrochen, um in erster Linie einen Spaziergang zu machen?»

«Nur einen Augenblick», sagte Gertrude. «Ruhen wir uns doch eine Weile aus!»

«Niemand nimmt auf meine Neigungen Rücksicht», sagte Betty. «Ich drehe mir nach Tisch gerade Lockenwickler ins Haar. Da kommt Ruth daher und sagt:

hurry up, we're going for a walk. So, if we're walking, then let's walk. It's only logical."

Ruth had gone over and seated herself next the doctor's mother. She took her knitting out of the bag she carried and started to work on it. Ruth was a well-developed girl, husky but not fat; a little coarse, Gertrude and I thought, but even so I didn't then understand why Mrs Rand had to dislike her so intensely. When I think of it now, I suppose it must have been maternal instinct.

"How is the doctor?" Ruth asked Mrs Rand. "I see him so seldom."

"The doctor is a busy man," Mrs Rand replied. "He has to attend to his office hours, his clinic service, and the visits to the patients outside. He is occupied with serious things. He has no time for enjoyment or girls."

"Listen to her," Ruth said in her heavy, gross voice. "Somebody would imagine heavens knows what. Don't worry, Madam Doctor. I won't steal your baby and marry him."

"I assure you it don't worry me in the least," Mrs Rand said. "Miracles don't happen every day in America."

"Does anybody listen to me?" Betty was wailing. "Does anyone consult my inclinations? Who am I?"

"My son the doctor," said Mrs Rand, talking to nobody," he isn't like all the other boys. He don't go running crazy the minute he sees a pair of silk stockings. He's a good boy. Big as he is, he minds what his mother says. He keeps his head on his practice."

By this time Ruth was ignoring the doctor's mother in a very elaborate way. She stood up

‹Los, wir gehen spazieren. Wenn wir spazierengehen, dann gehen wir auch spazieren. Das ist doch klar.›»

Ruth war herübergekommen und setzte sich neben die Mutter des Arztes. Sie nahm ihr Strickzeug aus dem Beutel, den sie bei sich trug und begann, daran zu arbeiten. Ruth war ein gut entwickeltes Mädchen, stämmig aber nicht dick; etwas derb, meinten Gertrude und ich, doch verstand ich damals nicht, warum Mrs Rands Abneigung gegen sie so heftig sein musste. Wenn ich heute daran denke, muss es vermutlich mütterlicher Instinkt gewesen sein.

«Wie geht's dem Doktor?» fragte Ruth Mrs Rand. «Ich sehe ihn so selten.»

«Der Doktor ist ein vielbeschäftigter Mann», erwiderte Mrs Rand. «Er muss Sprechstunden abhalten und hat Krankenhausdienst und muss Hausbesuche machen. Er ist mit ernsten Dingen befasst und hat keine Zeit für Lustbarkeiten oder Mädchen.»

«Hört sie an», sagte Ruth mit ihrer schweren, derben Stimme. «Da würde sich jemand weiß Gott was einbilden. Seien Sie unbesorgt, gnädige Frau Doktor. Ich will Ihr Baby nicht stehlen und es heiraten.»

«Ich versichere Ihnen, dass ich mir nicht im geringsten Sorgen mache», sagte Mrs Rand. «Wunder geschehen in Amerika nicht jeden Tag.»

«Hört *mir* jemand zu?» klagte Betty. «Fragt *mich* jemand nach meinen Neigungen? Wer bin ich denn?»

«Mein Sohn, der Doktor», sagte Mrs Rand, ohne sich an jemanden zu wenden, «er ist nicht wie all die anderen jungen Männer. Er fängt nicht an zu spinnen, sobald er ein Paar Seidenstrümpfe sieht. Er ist ein guter Junge. So groß er auch ist, er hört auf das, was seine Mutter sagt. Er hat den Sinn auf seine Praxis gerichtet.»

Unterdessen behandelte Ruth die Mutter des Arztes auf schlaue Weise wie Luft. Das Strickzeug in der

with the knitting in her hands and measured it over her bust. "Three balls of wool I put into this sweater and it still isn't enough. My God, it's simply terrible. I'm getting fat as a horse." But the way she said it, it sounded like a direct insult to Mrs Rand.

"I've been reading 'Ulysses,'" Gertrude said to me. Gertrude and I generally discussed literature, the new dance, modern art, and subjects like these. I liked Gertrude very dearly, I confess. She meant much to me, more than most girls do to their boy friends, for ours was a genuine intellectual companionship, and that, I believed then, was the soundest basis for a mixed relationship. A girl of Ruth's type, of course, could hardly understand this. She thought there was something peculiar about our friendship simply because it was maintained on a high level. We both tried to ignore her cynical comments.

"Oh, yes, 'Ulysses,'" I said. "By James Joyce."

"Don't you love his down-to-earth realism?" Gertrude asked. "Parts of the book are simply terrifying."

"There she sits talking James Joyce," Ruth said. "She's impossible. Listen, Gertrude, where does James Joyce get you?"

"I don't understand," Gertrude said to her. "Why do you feel it's necessary to say those things to me?"

"Don't mind her, Gertrude," I said.

"I don't like to see it," Ruth said. "It makes me feel bad to see one of my sex making a fool out of herself. Wake up, for pity's sake, Gertrude, if it's only to do me a personal favor."

"There's enough trouble in the world as it is,"

Hand stand sie auf und nahm um ihre Büste herum Maß. «Drei Knäuel Wolle habe ich schon für den Pullover verbraucht, und es reicht immer noch nicht. Mein Gott, es ist einfach furchtbar. Ich bin dabei, wie eine Dampfnudel aufzugehen.» Doch wie sie das sagte, klang es wie eine offene Beleidigung für Mrs Rand.

«Ich habe gerade ‹Ulysses› gelesen», sagte Gertrude zu mir. Gertrude und ich sprachen gewöhnlich über Literatur, den neuen Tanz, moderne Kunst und dergleichen. Ich war Gertrude von Herzen zugetan, das gebe ich offen zu. Sie bedeutete mir viel, mehr, als die meisten Mädchen ihren Freunden bedeuten, denn unsere Gesellschaft war eine echte, geistige, und das, glaubte ich damals, sei die gesündeste Grundlage für eine Beziehung zwischen den Geschlechtern. Ein Mädchen vom Schlage Ruths konnte das natürlich kaum verstehen. Sie glaubte, an unserer Freundschaft sei etwas Besonderes, nur weil sie auf einem hohen Niveau gepflegt wurde. Wir beide versuchten, Ruths bissige Äußerungen nicht zur Kenntnis zu nehmen.

«Oh, ja, ‹Ulysses›», sagte ich. «Von James Joyce.»

«Magst du seinen handfesten Realismus nicht?» fragte Gertrude. «Einige Teile des Buches sind einfach entsetzlich.»

«Da sitzt sie und redet über James Joyce», bemerkte Ruth. «Sie ist unmöglich. Hör mal, Gertrude, wohin bringt dich James Joyce?»

«Ich begreife nicht», antwortete Gertrude. «Warum hältst du es für nötig, mir diese Dinge zu sagen?»

«Hör nicht auf sie, Gertrude!» sagte ich.

«Ich sehe das nicht gern», bemerkte Ruth. Mir wird übel, wenn ich erlebe, wie eine meines Geschlechts sich selber zum Narren macht. Wach auf, um Himmels willen, Gertrude, und wenn es nur geschieht, um mir einen persönlichen Gefallen zu erweisen.»

«Es gibt auf der Welt ohnehin genug Verdruss», sag-

Gertrude said. "Why should your own friends be nasty?"

"Don't pay attention to her," I said. "She just can't understand."

"Can I help it if I'm sensitive?" Gertrude asked. "All day I work at Macy's in ladies' unmentionables. Most of my day is spent in a cultural vacuum.

I get so little out of life, why don't they let me enjoy an intellectual companionship in peace?"

"I'm only doing this for your benefit," Ruth said. "Don't think it's just to be nasty."

Gertrude and I moved down the row of benches for a little privacy, and I told her that she really should ignore Ruth, a girl who was of an altogether different type. There was no point in taking offence at her, since, to put it unkindly, she was ignorant.

"I know she's common and crude," Gertrude said. "I make the allowances. I tell myself not to let her make me worry. But I do!"

"Everybody does what they prefer," Betty wailed again. "Here Ruth sits knitting and now he goes off with Gertrude. But are my wishes ever taken into consideration? Oh, no!"

So we walked away some distance and talked of Proust and Joyce and the art of Mary Wigman. But not for long. Soon there was Ruth before us, insisting that they go on with their walk.

"Come," she said, "or Betty will break out in a rash. Besides, I don't like to see you wasting away your life on literature and philosophy."

"Oh, go away, Ruth," I said. "I didn't send for you."

"I don't want to seem just a little impatient,"

te Gertrude. «Warum sollten die eigenen Freundinnen garstig sein?»

«Achte nicht auf sie!» riet ich. «Sie kann einfach nicht verstehen.»

«Kann ich was dafür, wenn ich feinfühlig bin?» fragte Gertrude. «Den ganzen Tag arbeite ich bei Macy in der Abteilung Damenunterwäsche. Den größten Teil meines Tages verbringe ich, was Kultur betrifft, in einem Vakuum. Ich bekomme so wenig vom Leben mit; warum lässt man mich eine geistige Gesellschaft nicht in Ruhe genießen?»

«Ich tue das nur zu deinem Nutzen», sagte Ruth. «Nicht bloß, um garstig zu sein, gewiss nicht!»

Gertrude und ich rückten auf den Bankreihen etwas weiter weg, um ein wenig für uns zu sein, und ich sagte ihr, sie sollte Ruth, die ein völlig anderer Schlag sei, wirklich links liegenlassen. Es habe keinen Zweck, ihretwegen beleidigt zu sein, da sie ja, um es grausam zu sagen, ein Dummerchen sei.

«Ich weiss, sie ist derb und gewöhnlich», sagte Gertrude. «Ich mache Abstriche. Ich sag zu mir selber: Lass dich von ihr nicht stören! Trotzdem tu ich's.»

«Alle tun, was sie mögen», klagte Betty wieder. «Hier sitzt Ruth und strickt, und jetzt geht er mit Gertrude fort. Werden aber meine Wünsche je berücksichtigt? Oh, nein!»

So entfernten wir uns eine gewisse Strecke und plauderten über Proust und Joyce und die Kunst von Mary Wigman. Doch nicht lange. Bald stand Ruth vor uns und verlangte, dass sie ihren Spaziergang fortsetzten.

«Komm», sagte sie, «sonst beginnt Betty durchzudrehen. Außerdem mag ich nicht, dass du dein Leben mit Literatur und Philosophie vertrödelst.»

«Oh, geh weg, Ruth», sagte ich. «Ich habe nicht nach dir geschickt.»

«Ich will nicht einfach bloß immer ungeduldig er-

Betty whined. "But an hour ago did we start out on a walk, or was I mistaken?"

So Gertrude resigned herself and joined Ruth and Betty, and the three went on with their evening stroll.

Then it was that I first began to resent Ruth. She was a busy-body, an interferer, an extrovert of an obnoxious sort, and I wished heartily she didn't take up so much of Gertrude's time.

Mrs Rand was sitting quietly at her place near the lamppost, absorbed in her own thoughts. I sat down by her again. "Girls see a professional," she confided sadly, "they run like ants. Especially when it's a doctor of medicine."

"What have you got against Ruth?" I asked. I had my reasons for disliking the girl, that was true, but what offence had she given Mrs Rand?

"You're a nice boy, Mr Peru," she said to me. "I like you. But after all, what do you know about girls? What good will it do to talk to you?"

I remember I was somewhat offended then, but how right Mrs Rand was.

It is, unfortunately, more understandable to me now than it was then, but from that evening which I have just described I had great difficulty in seeing Gertrude. She seldom came to the park, and the Macy's Walking Club was broken up. One evening, about two weeks later, when I went to my usual seat at the lamppost I saw Betty alone, reading a book, her hair done up in curlers. I asked her whether she knew where Gertrude was, and she said she hadn't seen her or Ruth in ages, not even at Macy's, for they worked in different departments. I should have sensed then

scheinen», greinte Betty. «Aber vor einer Stunde sind wir doch aufgebrochen, um einen Spaziergang zu machen, oder sehe ich das falsch?»

Gertrude fügte sich also, gesellte sich zu Ruth und Betty, und die drei setzten ihren Abendbummel fort.

Da begann ich Ruth nicht mehr zu mögen. Sie war rastlos, war ein Störenfried, eine Betriebsnudel der unangenehmen Art, und ich wünschte von Herzen, dass sie nicht so viel von Gertrudes Zeit beanspruchte.

Mrs Rand saß, in ihre eigenen Gedanken versunken, ruhig auf ihrem Platz beim Laternenpfahl. Ich setzte mich wieder zu ihr. «Sobald Mädchen einen Freiberufler sehen», klagte sie vertraulich, «werden sie umtriebig. Besonders wenn es ein Doktor der Medizin ist.»

«Was haben Sie gegen Ruth?» fragte ich. Ich hatte meine Gründe, dass ich das Mädchen nicht leiden konnte, das war richtig, doch womit hatte Ruth bei Mrs Rand Anstoß erregt?

«Sie sind ein netter junger Mann, Mr Peru», sagte sie zu mir. «Ich mag Sie gern. Doch was wissen Sie schließlich von Mädchen? Wozu soll es gut sein, mit Ihnen darüber zu reden?

Ich entsinne mich, dass ich nun ein wenig beleidigt war, aber wie recht hatte Mrs Rand!

Leider ist es mir heute begreiflicher als damals, doch von jenem Abend an, den ich soeben beschrieben habe, hatte ich große Mühe, Gertrude zu treffen. Sie kam selten in den Park, und Macys Wanderverein löste sich auf. Als ich etwa vierzehn Tage später an einem bestimmten Abend an meinen gewohnten Platz beim Laternenpfahl ging, sah ich Betty allein, wie sie ein Buch las. Das Haar hatte sie mit Lockenwicklern zusammengesteckt. Ich fragte sie, ob sie wisse, wo Gertrude sei, und sie sagte, sie habe schon eine Ewigkeit weder sie noch Ruth gesehen, nicht einmal bei Macy, denn sie arbeiteten in verschiedenen Abteilungen. Damals hät-

that something was in progress. It worried me and I missed Gertrude's company, but it hardly occurred to me that the situation was growing serious.

Soon the doctor's mother came into the park for her evening visit. It made her happy to see Betty reading a book.

"That's nice," Mrs Rand said, a mournful note in her voice. "Most modern girls today don't bother with books. All they got on their minds, they got boys."

"You're right," Betty said. "My God, you're right, Mrs Rand. Take me. I won't pet, I won't neck. What happens? I got no boy friends."

"You should worry, young lady. You go the right way. Books are better than wild times."

She drifted away into her sad thoughts and Betty went back to her book. "You slave for your children," Mrs Rand said, almost talking to herself. "You go through sickness and fire for them. Every day you're at the dispensary with them. You bring them up, make all the sacrifices so they can go to college and medical school. You finally live to see the day they become a doctor of medicine. And then what happens? A young, ignorant girl who has no heart, she steals him away."

So I sat in the park, with Betty reading and Mrs Rand moping. I read my paper, wondering where Gertrude was and why I hadn't been seeing her. The minutes passed and I thought this would be another day and no Gertrude.

About nine o'clock Ruth walked into the park. She was all dressed up and said she had an important appointment. Mrs Rand had always disliked her, but tonight she positively hated her. The

te ich spüren müssen, dass etwas im Gange war. Es machte mir Kummer, und ich vermisste Gertrudes Gesellschaft, doch es kam mir kaum der Gedanke, dass die Sache ernst werde.

Bald tauchte die Mutter des Arztes zu ihrem abendlichen Besuch im Park auf. Es machte sie glücklich, als sie sah, dass Betty ein Buch las.

«Das ist nett», sagte Mrs Rand mit betrübtem Tonfall in ihrer Stimme. Die meisten modernen Mädchen befassen sich heutzutage nicht mit Büchern. Sie haben nichts im Sinn, als junge Burschen zu schnappen.

«Sie haben recht», sagte Betty. «Oh, Sie haben recht. Nehmen Sie mich. Ich knutsche nicht, ich schmuse nicht. Was geschieht? Ich kriege keinen Freund.»

«Was soll Sie das kümmern, meine junge Dame! Sie gehen den richtigen Weg. Bücher sind besser als ein tolles Leben.»

Sie ließ sich forttreiben in ihre wehmütigen Gedanken, und Betty kehrte zu ihrem Buch zurück. «Man rackert sich ab für seine Kinder», sagte Mrs Rand, fast zu sich selbst sprechend. «Man geht für sie durch Krankheit und Feuer. Jeden Tag ist man mit ihnen in der Apotheke. Man zieht sie auf, bringt alle Opfer, damit sie das College und die medizinische Fakultät besuchen können. Schließlich erlebt man den Tag, da sie Arzt werden. Und was geschieht dann? Ein junges, dummes Mädchen, das kein Herz hat, stiehlt ihn weg.»

So saß ich im Park, während Betty las und Mrs Rand Trübsal blies. Ich las meine Zeitung und fragte mich, wo Gertrude war und warum ich sie nicht gesehen hatte. Die Minuten vergingen, und ich dachte: ein weiterer Tag und wiederum keine Gertrude!

Etwa um neun Uhr kam Ruth in den Park. Sie war aufgedonnert und sagte, sie habe eine wichtige Verabredung. Mrs Rand hatte sie nie gemocht, doch heute abend hasste sie Ruth geradezu. Die Mutter des

doctor's mother turned her back and muttered angrily so that Ruth would make no mistake about her attitude.

"My goodness," Ruth said. "Am I a bad draft or something? The temperature here resembles the North Pole."

"Insinuations," Mrs Rand muttered.

"My goodness," Ruth said, "what did I ever do to you in my young life?"

"No law says I must speak to everybody," Mrs Rand said, still addressing no one.

"All right," Ruth said. "So I saw the doctor. I admit it. So what? We went to an ice-cream parlor and had a soda. So what's the crime in that?"

"I'm not talking to anybody in particular," Mrs Rand said. "But my understanding is that decent, respectable girls don't wait in the streets to catch a professional."

"It was an accident, Mrs Rand!" Ruth cried. "I was walking home in the street, so I met the doctor. I didn't wait for him on purpose. And supposing I did, I didn't hurt him. I didn't eat him up."

"Please!" Betty said, looking up from her book. "Have a heart! A person can't even concentrate in the park. It's a shame."

"Oh, shut up, Betty," Ruth said. "Who's asking you?"

"Please!" Betty said. "Just because you're angry, don't take it out on me!"

The doctor's mother maintained her icy reserve, waiting with insulting obviousness for Ruth to leave the park so that she could breathe the air again.

"Ruth," I said. I realized this was a bad mo-

Arztes wandte ihr den Rücken zu und brummte verärgert, so dass Ruth sich über deren Haltung nicht
täuschen konnte.

«Du meine Güte!» sagte Ruth. «Bin ich ein schlimmer Luftzug oder so etwas? Die Temperatur hier gleicht
ja der am Nordpol.»

«Unterstellungen», murrte Mrs Rand.

«Du meine Güte!» sagte Ruth, «was habe ich Ihnen
in meinem jungen Leben je angetan?»

«Kein Gesetz verlangt, dass ich mit jedem spreche»,
sagte Mrs Rand, immer noch zu niemandem direkt.

«In Ordnung», sagte Ruth. «Ich habe also den Doktor gesehen. Ich geb's zu. Und was ist dabei? Wir
gingen zusammen in eine Eisdiele und tranken ein
Sodawasser. Worin besteht da das Verbrechen?»

«Ich spreche mit niemandem im besonderen», sagte
Mrs Rand. «Doch nach meinem Verständnis warten
unaufdringliche, anständige Mädchen nicht auf der
Straße, um einen Freiberufler zu ergattern.»

«Es war ein Zufall, Mrs Rand!» rief Ruth. «Ich ging
auf der Straße nach Hause und traf dabei den Doktor.
Ich habe nicht absichtlich auf ihn gewartet. Und an-
genommen, ich hätte es, so habe ich ihm nichts getan.
Ich habe ihn nicht aufgegessen.»

«Bitte!» sagte Betty und blickte von ihrem Buch auf.
«Hab Erbarmen! Man kann sich nicht einmal im Park
konzentrieren. Es ist eine Schande.»

«Oh, halt die Klappe, Betty!» sagte Ruth. «Wer fragt
denn dich?»

«Bitte!» sagte Betty. «Wenn du verärgert bist, lass
es nicht an mir aus!»

Die Mutter des Arztes verharrte in ihrer eisigen Ver-
schlossenheit und wartete mit beleidigender Deutlich-
keit darauf, dass Ruth den Park verließ, damit sie die
Luft wieder atmen konnte.

«Ruth», sagte ich. Ich merkte, es war kein guter

ment to approach her, but I was anxious to know. "Did you see Gertrude today?"

"Who needs you?" she shot at me. "Listen, Peru, when you grow up and become a man, then come around."

"Now, that's unnecessary," I said. "Did you see Gertrude?"

"Let me tell you something, Peru," she said. "No man has the right to bother a girl unless he's in a position to support a wife. That's a motto."

I swallowed my pride and ignored her insult, for there was no sense, I thought then, in paying attention to a person of Ruth's type.

"Did you see Gertrude?" I asked again.

"Yes, I saw her!" she said. "I had lunch with her today and I went home with her after work. All I hope is that someday she gets some sense in her head. She's at the beauty parlor."

Ruth took one more angry look at Mrs Rand and swept away to her appointment. I didn't like what Ruth had told me about her motto for girls and especially I didn't relish her association with Gertrude. It affected me unpleasantly to think that they were spending so much time together.

Mrs Rand still kept quiet, noble and proud in her silence, and yet, it was clear to see, unhappy.

What was I to do? By this time I hadn't seen Gertrude for more than two weeks and I realized her feelings toward me must have undergone a radical change. What was more, I learned that Gertrude and Ruth had grown inseparable. I couldn't understand this new fondness for Ruth and I somehow felt that this association could do me no good.

Augenblick, um sich ihr zu nähern, doch ich war begierig, es zu erfahren. «Hast du Gertrude heute gesehen?»

«Wer braucht denn dich?» fauchte sie mich an. «Hör zu, Peru, wenn du erwachsen und ein Mann wirst, dann komm zurück!»

«Nun, das ist nicht nötig», sagte ich. «Hast du Gertrude gesehen?»

«Lass dir von mir etwas sagen, Peru», antwortete sie. «Kein Mann hat das Recht, ein Mädchen zu belästigen, wenn er nicht in der Lage ist, eine Frau zu ernähren. Das ist ein Grundsatz.»

Ich schluckte meinen Stolz hinunter und überhörte ihre Beleidigung, denn, so dachte ich, es habe keinen Zweck, jemandem wie Ruth Beachtung zu schenken.

«Hast du Gertrude gesehen?» fragte ich wieder.

«Ja!» sagte sie. «Ich habe mit ihr heute zu Mittag gegessen und bin mit ihr nach der Arbeit heimgegangen. Ich hoffe nur, dass sie eines Tages etwas Vernunft in ihren Kopf bringt. Sie ist im Schönheitssalon.»

Ruth warf Mrs Rand noch einen wütenden Blick zu und rauschte fort zu ihrer Verabredung. Mir gefiel nicht, was Ruth mir über ihren Grundsatz für Mädchen gesagt hatte, und besonders ihre Verbindung mit Gertrude behagte mir nicht. Dass die beiden so viel Zeit miteinander verbrachten, war mir unangenehm.

Mrs Rand verharrte noch immer ruhig, vornehm und stolz in ihrem Schweigen, doch man konnte sehen, dass sie unglücklich war.

Was sollte ich tun? Unterdessen hatte ich Gertrude über vierzehn Tage nicht gesehen und ich erkannte, dass ihre Gefühle mir gegenüber einen grundlegenden Wandel durchgemacht haben mussten. Außerdem erfuhr ich, dass Gertrude und Ruth untrennbar geworden waren. Ich konnte diese neue Vorliebe für Ruth nicht begreifen und hatte irgendwie das Gefühl, dass diese Verbindung für mich nicht günstig sein konnte.

I could not buy Gertrude flowers. That wasn't customary among the people who lived near Owen D. Larkin Park in Brooklyn. Nor, as I mentioned in the beginning, did my financial circumstances make it possible for me to take Gertrude to a night club or the theatre. I did the best I could and bought two tickets for a lecture on "The American Revolution and Eighteenth-Century Poetry." I thought this would be an attractive subject, but when I went to Gertrude's home to invite her, her mother wouldn't even let me go inside the house. She kept me in the hall, told me Gertrude wasn't at home, and closed the door. I went to Owen D. Larkin Park, hoping that Gertrude might pass by. I fingered the two tickets in my pocket and bought a newspaper to help me while away the time.

At the park were Betty and Mrs Rand. The doctor's mother was completely wrapped in some private grief and every time Betty offered to say something, Mrs Rand said, "Not interested!" I opened the paper and read, waiting.

"Sacrifices we make for the children," Mrs Rand said.

"The way of life," Betty agreed with her.

Mrs Rand took to nodding her head as if in great grief, and there I sat, waiting for Gertrude with two tickets in my pocket. But she did not come.

A half-hour of waiting passed in this quiet way until suddenly the doctor's mother stood up as though she had been hit. The lines of her face became set in the classic, calm attitude of misery and she began to move out of the park slowly and tragically. I wondered what the matter was, and then I noticed Ruth had come along.

Ich konnte Gertrude keine Blumen kaufen. Das war nicht üblich bei den Leuten, die in der Nähe des Owen D. Larkin Parks in Brooklyn wohnten. Wie anfangs schon erwähnt, ermöglichte es mir meine finanzielle Lage auch nicht, Gertrude in ein Nachtlokal oder ins Theater zu führen. Ich tat das beste, was ich konnte, und kaufte zwei Karten für einen Vortrag über «Die amerikanische Revolution und die Dichtung des achtzehnten Jahrhunderts». Ich dachte, dies sei ein verlockendes Thema, doch als ich zu Gertrudes Wohnung ging, um die Einladung zu überbringen, ließ mich Gertrudes Mutter nicht einmal richtig ins Haus hinein. Sie ließ mich in der Diele bleiben, sagte mir, Gertrude sei nicht daheim und schloss die Tür. Ich ging zum Owen D. Larkin Park, in der Hoffnung, dass Gertrude vielleicht vorbeikäme. Ich fingerte an den beiden Karten in meiner Tasche herum und kaufte mir eine Zeitung, die mir helfen sollte, die Zeit zu vertreiben.

Im Park waren Betty und Mrs Rand. Die Mutter des Arztes war ganz in persönlichen Kummer eingehüllt, und jedesmal, wenn Betty sich erbot, etwas zu sagen, antwortete Mrs Rand: «Nicht interessiert!» Ich schlug die Zeitung auf, las und wartete ab.

«Opfer bringen wir für die Kinder», sagte Mrs Rand.

«So ist das Leben», pflichtete Betty ihr bei.

Mrs Rand fing an, mit dem Kopf zu nicken, als hätte sie großen Kummer, und ich saß da und wartete mit zwei Karten in der Tasche auf Gertrude. Doch sie kam nicht.

So ruhig verging eine halbe Stunde des Wartens, bis die Mutter des Arztes auf einmal aufstand, als wäre sie seelisch getroffen worden. Ihre Gesichtszüge wurden starr in der klassischen, abgeklärten Leidensgebärde, und sie verließ, langsam und vom Schicksal gezeichnet, den Park. Ich wollte wissen, was los sei, und bemerkte dann, dass Ruth des Wegs gekommen war.

"Momma," said Ruth.

I could hardly recognize her. She was altogether changed in dress and in manner. She wore a simple black dress with a plain white collar and she seemed reserved. There was a strange air of dignity about her.

"Don't go away, Momma," she called to Mrs Rand, and now, of course, I could understand the reason for that poor woman's sorrow. "I came for you. We're eating dinner, Momma. I haven't any spite. Come to dinner with me, please."

Mrs Rand stopped. "Please don't call me Momma," she said in heartbroken tones. "You are not my child. You take my child away from me." And she moved away majestically.

"That's a fine way to treat an intended daughter-in-law," Ruth finally said to Betty and me.

"Well, under the circumstances," Betty said, "you must take her feelings into consideration. After all, she's his mother."

"I'm practically breaking my neck to be nice to her," Ruth cried. "I'm willing to go down on my hands and knees. What more can I do? I can't jump off the roof."

"Ruth," I said. I was impatient. I did not like to intrude at such a time but she was the only person who could help me. I had no choice. "Ruth, did you happen to see Gertrude?"

"Yes, I saw her," she snapped at me.

"I'd like to find her," I said. "I have two tickets for a lecture. Do you know where she is now?"

"Listen, Peru," she said, "am I an information booth? I can't be annoyed."

"Listen to her, listen to her," Betty said. "She can't be annoyed! All of a sudden she's very refined."

«Muttchen», sagte Ruth.

Ich konnte sie kaum wiedererkennen. In Kleidung und Auftreten war sie völlig verändert. Sie trug ein schlichtes schwarzes Kleid mit einfachem weißen Kragen und wirkte zurückhaltend. Es war eine sonderbare Würde um sie.

«Gehen Sie nicht fort, Muttchen!» rief sie Mrs Rand zu, und jetzt verstand ich natürlich den Grund für den Kummer dieser armen Frau. «Ich komme Ihretwegen. Wir gehen jetzt zum Abendessen, Muttchen. Ich hege keinen Groll. Kommen Sie bitte mit zum Essen!»

Mrs Rand blieb stehen. «Nennen Sie mich bitte nicht Muttchen!» sagte sie in herzzerreißendem Ton. «Sie sind nicht mein Kind. Sie nehmen mir mein Kind weg.» Und sie entfernte sich hoheitsvoll.

«Das ist eine feine Art, eine künftige Schwiegertochter zu behandeln», bemerkte Ruth schließlich zu Betty und mir.

«Nun, unter den gegenwärtigen Umständen», sagte Betty, «musst du Rücksicht auf ihre Gefühle nehmen. Schließlich ist sie seine Mutter.»

«Ich reiße mir wirklich ein Bein aus, um nett zu ihr zu sein», schrie Ruth. «Ich bin willens, auf Hände und Knie zu sinken. Was kann ich denn mehr tun? Ich kann doch nicht vom Dach springen.»

«Ruth», sagte ich. Ich war ungeduldig. Ich wollte nicht zu so einer Zeit lästig fallen, doch sie war die einzige Person, die mir helfen konnte. Ich hatte keine Wahl. «Ruth, hast du zufällig Gertrude gesehen?»

«Ja, ich hab sie gesehen», fuhr sie mich an.

«Ich möchte sie gern treffen», sagte ich. «Ich habe zwei Karten für einen Vortrag. Weißt du, wo sie ist?»

«Hör mal, Peru», antwortete sie, «bin ich ein Auskunftsstand? Ich mag mich nicht ärgern.»

«Hört sie an, hört sie an!» sagte Betty. »Sie mag sich nicht ärgern! Auf einmal ist sie ganz vornehm.»

"Oh, I see. I'm not so popular now," Ruth said. "All you have to do to lose your popularity is to get engaged to a professional, especially a doctor of medicine."

Then Ruth and Betty scrapped around for a few minutes, the way girls do, until finally Ruth felt she had wasted enough time. She pulled on her black gloves and started to go out of the park.

"I'm late as it is," she said airily. "The doctor has to attend a professional function at nine-thirty. Believe me," she confided, "it's no bargain to be a doctor's wife. You've got to make up your mind to expect a crazy home existence."

She walked away, leaving Betty to stare helplessly and say, "Well! Well! Well!" Her sarcasm barely covered the burning envy in her, and after trying a few minutes to collect herself, she gave it up and said she was going to take in a movie. Her day had been ruined.

So I was all alone in the park now, sitting under the light of the lamppost, trying to read my newspaper. My head was full of premonitions. I could tell that Ruth knew where Gertrude was and that she just didn't want to tell me. Those two were fast friends and I didn't like it.

Later that night Gertrude did come into the park. She, too, was transformed, the general intention clearly being to avoid anything that might give her the appearance of one who had intellectual interests. It was a revelation. Her hair was waved and arranged in small curls over her neck; she had discarded her eyeglasses; and when she walked she had a new sort of swagger.

"Gertrude," I said, but I knew at once from the listless glance she gave me that our com-

«Oh, ich sehe. Ich bin jetzt nicht so beliebt», bemerkte Ruth. «Alles, was man tun muss, um seine Beliebtheit einzubüßen, ist, sich mit einem Freiberufler, besonders einem Doktor der Medizin, zu verloben.»

Dann zankten sich Ruth und Betty ein paar Minuten herum, wie Mädchen es eben tun, bis Ruth schließlich das Gefühl hatte, sie habe genug Zeit verschwendet. Sie zog ihre schwarzen Handschuhe an und schickte sich an, den Park zu verlassen.

«Ich bin ohnehin zu spät», sagte sie hochtrabend. «Der Doktor hat um halb zehn einen beruflichen Termin. Glaub mir», sagte sie vertraulich, «es ist kein Honiglecken, die Frau eines Arztes zu sein. Man muss sich auf ein verrücktes Familienleben einstellen.»

Sie ging weg und ließ Betty zurück, die hilflos vor sich hinstarrte und «Gut! Gut! Gut!» sagte. Ihr Spott verdeckte kaum den brennenden Neid in ihr, und nachdem sie ein paar Minuten lang versucht hatte, sich zu sammeln, gab sie es auf und sagte, sie wolle sich einen Film ansehen. Der Tag war ihr verdorben.

So war ich jetzt ganz allein im Park, saß unter dem Licht des Laternenpfahls und versuchte meine Zeitung zu lesen. Mein Kopf war voller Vorahnungen. Ich merkte, dass Ruth wusste, wo Gertrude sich aufhielt und dass sie es mir bloß nicht sagen wollte. Die beiden waren feste Freundinnen, und das gefiel mir nicht.

Später an jenem Abend kam Gertrude tatsächlich in den Park. Auch sie war verändert, wobei die allgemeine Absicht klar darin bestand, alles zu vermeiden, was ihr den Anschein gab, ein Mensch mit geistigen Interessen zu sein. Das war eine überraschende Entdeckung. Ihr Haar war gewellt und in Löckchen über den Nacken gelegt; sie trug ihre Brille nicht mehr und hatte neuerdings einen wiegenden Gang.

«Gertrude», sagte ich, erkannte aber sogleich an dem teilnahmslosen Blick, den sie mir zuwarf, dass unsere

panionship was nearing its end. She had an engagement at the beauty parlor, she told me, and explained that she went now twice a week. I told her about the tickets and she said she was sorry, it was thoughtful of me, but a previous engagement prevented. That was peculiar, too, because I hadn't told her when the lecture would be given.

"What's the matter with you, Gertrude?" I asked. "You're so changed. Have I done anything to offend you?"

"Well, to be frank about it, I've decided to make a change," Gertrude said. "What was I getting out of life? All day I worked at Macy's in ladies' unmentionables. At night I soaked my feet in Epsom salts and discussed Marcel Proust and Joyce with you.

When you stop to think about it from a certain viewpoint – from the feminine angle – you can't blame me if I think it's time to make a change."

"I still don't understand," I said. "It must be something Ruth's been telling you."

"Don't pick on Ruth," she said, and it hurt me to see how ardently she defended her new intimate. "She's not as bad as some people think. Take me. I was sensitive and refined, interested in intellectual matters. What happened? Nothing. Look at Ruth. You think she's common and ignorant. And I agree she hasn't an ounce of sensitivity. But what happens to her? She catches a doctor."

"Oh," I said. "I understand. I see."

"Don't think I'm hard and unfeeling about it," Gertrude said. "But after all, when all's said and done it boils down to this: at bottom every

kameradschaftliche Verbindung sich ihrem Ende näherte. Gertrude erklärte mir, sie habe einen Termin im Schönheitssalon und gehe jetzt zweimal in der Woche dorthin. Ich erzählte ihr von den Eintrittskarten; sie sagte, es tue ihr leid, es sei aufmerksam von mir, doch eine früher eingegangene Verpflichtung stehe im Wege. Auch das war seltsam, weil ich Gertrude nicht erzählt hatte, wann der Vortrag stattfinden werde.

«Was ist mit dir los, Gertrude?» fragte ich. «Du bist so verändert. Habe ich etwas getan, womit ich dich beleidigt habe?»

«Nun, um ehrlich zu sein, ich habe mich entschlossen, etwas anders zu machen», sagte sie. «Was habe ich vom Leben gehabt? Den ganzen Tag bei Macy in der Abteilung Damenunterwäsche gearbeitet. Abends meine Füße in Epsomer Bittersalz getaucht und mich mit dir über Proust und Joyce unterhalten. Wenn man eine Pause macht und von einem bestimmten Standpunkt aus darüber nachdenkt – vom Standpunkt der Frau aus –, kannst du es mir nicht verübeln, wenn ich glaube, dass eine Richtungsänderung fällig ist.»

«Ich verstehe noch immer nicht», sagte ich. «Da muss doch etwas sein, was dir Ruth erzählt hat.»

«Hack nicht auf Ruth herum!» antwortete sie, und es tat mir weh, als ich sah, wie leidenschaftlich sie ihre neue Vertraute verteidigte. «Sie ist nicht so übel, wie manche glauben. Nimm mich! Ich war feinfühlig und vornehm, aufgeschlossen für geistige Dinge. Und was geschah? Nichts. Sieh dir Ruth an! Du hältst sie für gewöhnlich und dumm. Und ich gebe zu, dass sie keinen Funken Feingefühl hat. Was aber geschieht mit ihr? Sie angelt sich einen Arzt.»

«Oh», sagte ich. «Ich verstehe. Ich begreife.»

«Glaub nicht, ich wäre deswegen hartherzig und gefühllos», sagte Gertrude. «Doch wenn alles gesagt und getan ist, läuft es auf folgendes hinaus: im Grunde

girl wants a husband. I can't continue fooling myself indefinitely."

"All right, Gertrude," I said, and I picked up my newspaper. "Naturally, I can't blame you if that's the way you feel. I won't say a single word."

"I'm sorry," she said. "I'm really very sorry."

I said it was all right again and started to read the paper, pretending I was very much absorbed in it. And finally Gertrude left.

It was all Ruth's fault. She had talked Gertrude into this new philosophy on men and love, and also, I suppose, every normal girl would have felt desperate and unhappy when she discovered Ruth had caught the doctor. Betty had gone to the movies to forget the pain, and as for Gertrude, all she could do was to make a change in her life. That I was the person to be affected was only incidental. It was unfortunate for me that our companionship had come to an end, but I knew there was no use moping about it. That wouldn't help, and I applied myself conscientiously to the newspaper. Tomorrow, it said, would be fair, and I went on from that point to read the news.

wünscht sich jedes Mädchen einen Mann. Ich kann mich nicht auf ewig selber zum Narren halten.»

«In Ordnung, Gertrude», sagte ich und hob meine Zeitung auf. «Natürlich kann ich dich nicht tadeln, wenn du so empfindest. Ich werde kein einziges Wort sagen.»

«Tut mir leid», sagte sie, «tut mir wirklich sehr leid.»

Ich sagte, es sei wieder alles in Ordnung, fing an, die Zeitung zu lesen, und tat so, als wäre ich sehr in sie vertieft. Schließlich ging Gertrude weg.

An allem war Ruth schuld. Sie hatte Gertrude diese neue Philosophie über Männer und Liebe eingeredet, und vermutlich hätte sich jedes normale Mädchen verzweifelt und unglücklich gefühlt, wenn es entdeckte, dass Ruth sich den Arzt geangelt hatte. Betty war ins Kino gegangen, um den Schmerz zu vergessen, und für Gertrude war das einzige, was sie tun konnte, dass sie in ihrem Leben etwas änderte. Dass *ich* die dadurch betroffene Person war, war reiner Zufall. Es war Pech für mich, dass unsere Verbundenheit ein Ende genommen hatte, doch ich wusste, es hatte keinen Zweck, deswegen Trübsal zu blasen. Das würde nicht helfen, und ich widmete mich gewissenhaft der Zeitung. Morgen, stand da, sei Jahrmarkt, und von nun an las ich die Nachrichten unter diesem Gesichtswinkel.

It had been an unusually serene evening, with the Norths reading comfortably under their respective lights, and Mr North at first hardly noticed that Mrs North had laid her book down. He turned a page and read to the bottom of it and went on to the top of the next before Mrs North spoke.

"He was really a *nice* man," Mrs North said.

Mr North read down to the middle of the second page before the tantalizing obscurity of the remark caught up with him and pulled at his coat-tails. He read another sentence by sheer momentum and then looked over his book at Mrs North.

"Did you say something?" he inquired, politely, marking the place with his thumb. Mrs North shook her head.

"No, dear," she said. "It wasn't anything. I didn't mean to interrupt. Just go on with your reading."

Mr North looked at her skeptically and tried to, but it was no go. Her remark kept jerking at him.

"Who was so nice?" Mr North said. "Who was this perfectly swell guy who was so damned nice?"

"What?" said Mrs North, and then, as if coming back from a long distance, "Oh, that!"

"Well," said Mr North, laying down his book.

Mrs North looked at him thoughtfully, as if she were checking him over.

"It was just Judge Trowbridge," she said. "Somebody I used to know when I was a girl. I was just thinking how nice he was."

"Oh," said Mr North.

Es war ein ungewöhnlich harmonischer Abend gewesen. Mr und Mrs North lasen behaglich unter ihren jeweiligen Lampen, und Mr North bemerkte zunächst kaum, dass Mrs North ihr Buch auf den Tisch gelegt hatte. Er blätterte um, las die Seite zu Ende und fuhr bis zur nächsten Seite oben fort, ehe Mrs North etwas sagte.

«Er war wirklich ein *netter* Mann», bemerkte sie.

Mr North las bis zur Mitte der zweiten Seite weiter, ehe ihn die quälende Dunkelheit der Äußerung einholte und an seinen Rockschößen zerrte. Er las noch einen Satz, weil es ihn einfach dazu trieb, dann blickte er über sein Buch zu Mrs North hinüber.

«Hast du etwas gesagt?» fragte er höflich und hielt den Daumen auf die Stelle, wo er stehengeblieben war. Mrs North schüttelte den Kopf.

«Nein, mein Lieber», sagte sie. «Es war gar nichts. Ich wollte dich nicht unterbrechen. Lies du nur in deinem weiter!»

Mr North sah sie zweifelnd an und versuchte weiterzulesen, doch es ging nicht. Ihre Bemerkung ließ ihm keine Ruhe mehr.

«Wer war so nett?» fragte er. «Wer war dieser Ausbund von einem prima Kerl, der so verdammt nett war?»

«Was?» sagte Mrs North, und dann, als käme sie von weit her: «Ach, das!»

«Nun», sagte Mr North und legte sein Buch weg.

Mrs North sah ihn nachdenklich an, als wollte sie ihm auf den Zahn fühlen.

«Es war bloß Richter Trowbridge», antwortete sie. «Jemand, den ich kannte, als ich ein Mädchen war. Ich habe gerade daran gedacht, wie nett er war.»

«Oh», sagte Mr North.

"To his wife," Mrs North said. There wasn't really anything in her tone. Nobody in the world except Mr North would have heard anything in her tone. But Mr North scrambled back through his conscience, turning things over. He didn't find anything, or at least not anything recent. One or two small matters, perhaps, but nothing anyone could call hot. He made inquiring sounds.

"I was just thinking about him," Mrs North said. "Not in connection with anything. He was a federal judge."

"Was he?" Mr North said, a little disapprovingly.

"He was a very important judge, and once when his wife had a cold he put off court for the whole day so he could stay home with her. Wasn't that nice of him?"

"Well," said Mr North, taking the matter under consideration, "I mean, did she have a bad cold? Pneumonia, or something? I mean, it would all –"

"No," Mrs North said. "Just an ordinary cold. That was what made it so nice. And he always had the bills sent to his office."

"Well," said Mr North, "as for that – that isn't anything. Just routine, probably. It –"

Mrs North shook her head, and said Judge Trowbridge had a special reason, of course.

"So Mrs Trowbridge wouldn't see them and worry," she explained. "He was awfully nice to her."

"He sounds to me –" Mr North began, and was surprised to hear a defensive note in his own voice.

"Of course," Mrs North said, "men don't do

«Zu seiner Frau», sagte Mrs North. In ihrem Tonfall war wirklich nichts. Niemand auf der Welt, außer Mr North, hätte etwas herausgehört.

Doch *er* wühlte sich durch sein Gewissen zurück und überdachte die Dinge. Er fand nichts, oder wenigstens nichts aus jüngster Zeit. Eine oder zwei Lappalien vielleicht, aber nichts, was jemand als heiß bezeichnen könnte. Er gab fragende Laute von sich.

«Ich habe einfach an ihn gedacht», sagte Mrs North. «Nicht in Verbindung mit irgend etwas. Er war Bundesrichter.»

«Tatsächlich?» sagte Mr North ein wenig missbilligend.

«Er war ein sehr bedeutender Richter, und als seine Frau einmal erkältet war, sagte er den ganzen Verhandlungstag ab, damit er bei ihr zu Hause bleiben konnte. War das nicht nett von ihm?»

«Nun», sagte Mr North, der sich die Sache durch den Kopf gehen ließ, «ich meine, war sie arg erkältet? Lungenentzündung oder so etwas? Ich meine, es würde alles —»

«Nein», sagte Mrs North. «Bloß eine gewöhnliche Erkältung. Das machte die Sache ja so nett. Und die Rechnungen ließ er sich immer ins Büro schicken.»

«Na», erwiderte Mr North, «was das betrifft — das besagt nichts. Einfach Gewohnheit, vermutlich. Es . . .»

Mrs North schüttelte den Kopf und sagte, dass Richter Trowbridge natürlich einen besonderen Grund hatte.

«Damit Mrs Trowbridge sie nicht sähe und sich keine Gedanken zu machen brauchte», erklärte sie. «Er war furchtbar nett zu ihr.»

«Er kommt mir vor . . .» begann Mr North und war überrascht, aus seiner eigenen Stimme ein Zeichen der Abwehr herauszuhören.

«Natürlich», bemerkte Mrs North, «tun heutzutage

that sort of thing nowadays. Nobody expects it."
She paused. "No wife," she said.

Mr North said, "Listen!"

"It's perfectly all right," Mrs North went on.
"Men were different in those days. Judge Trow-
bridge took care of his wife, sort of protected her.
You know what I mean?"

"Of course I know what you mean," Mr North
said. "And it was very silly of them. Made their
wives very silly too, I expect."

Mrs North shook her head pityingly, and said
that it made their wives lovely. "Mrs Trowbridge
was lovely," she said. "Sort of sweet and South-
ern. You could tell just by looking at her . . ." She
let the sentence run off, softly. Mr North waited.
"She never had to worry about anything," Mrs
North said wistfully. "Judge Trowbridge thought
she was perfect. When she wanted to wear something, because it was something she liked, he
never raised any objections. He wouldn't have
dreamed of it."

Mr North began to remember something –
something about something Mrs North wanted
to wear and he didn't want her to wear. He hurried back through his mind. There was something
about a suit, he thought.

There was usually
something about a suit, because Mrs North loved
suits and he hated her to wear them. He didn't
like suits on women, except perhaps on very
tiny, fluffy women, but that was offset by the
fact that he didn't much like very tiny, fluffy
women.

"Was she a little, fluffy woman?" Mr North
suddenly demanded. Mrs North looked at him
and shook her head.

die Männer so etwas nicht. Niemand erwartet es.» Sie machte eine Pause. «Keine Frau», sagte sie.

Mr North sagte: «Hör zu!»

«Es ist völlig in Ordnung», fuhr Mrs North fort. «Die Männer waren damals anders. Richter Trowbridge war besorgt um seine Frau, er beschützte sie gewissermaßen. Du verstehst doch, was ich meine?»

«Natürlich verstehe ich, was du meinst», antwortete Mr North. «Und es war sehr albern von ihnen. Machte auch ihre Frauen vermutlich sehr albern.»

Mrs North schüttelte mitleidig den Kopf und sagte, dass es ihre Frauen entzückend machte. «Mrs Trowbridge war entzückend», bemerkte sie. «Gewissermaßen süß und eine Frau aus dem Süden. Man konnte das erkennen, wenn man sie bloß ansah ...» Sie ließ den Satz ausklingen, weich. Mr North wartete. «Sie brauchte sich nie um etwas zu sorgen», sagte Mrs North sehnsuchtsvoll. «Richter Trowbridge hielt sie für vollkommen. Wenn sie etwas zum Anziehen wollte, weil es ein Stück war, das ihr gefiel, erhob er nie Einwände. Daran hätte er nicht im Traum gedacht.»

Mr North begann sich an einen Vorfall zu erinnern – einen Vorfall, bei dem es um ein Kleidungsstück gegangen war, das Mrs North tragen und er an ihr nicht sehen wollte. Er ging schnell in seinen Erinnerungen zurück. Da war etwas mit einem Kostüm, dachte er. Es handelte sich gewöhnlich um ein Kostüm, weil Mrs North Kostüme liebte, und es ihm zuwider war, wenn sie welche trug. Er mochte bei Frauen keine Kostüme, außer vielleicht bei sehr kleinen, aufgeplusterten Frauen, doch das wurde ausgeglichen durch die Tatsache, dass er sehr kleinen, aufgeplusterten Frauen nicht sonderlich zugetan war.

«War sie eine kleine, aufgeplusterte Frau?» fragte Mr North auf einmal. Mrs North sah ihn an und schüttelte den Kopf.

"She was no fluffier than anybody else," Mrs North said. "Whatever that has to do with it. I'm just talking generally about Judge Trowbridge, and how nice he was. I just happened to remember how he was always doing things for her."

"Now," said Mr North, "if you –"

"Once he took her measurements," Mrs North said, rather quickly, "and bought some materials and had a tailor come to his office. He had the tailor make her –"

"All right," said Mr North, "all right, a suit." He spoke more quickly even than Mrs North had, and then he stopped because Mrs North was looking at him, surprised and a little hurt.

"A suit?" Mrs North said. "There wasn't anything about a suit. It was a coat, really, but it wasn't that. It was just his thinking about her, just the way he felt." There was something in her tone. "What made you think of a suit, dear?" she asked. "I thought you didn't want me to get a suit."

Mr North looked at her and their eyes met and, unaccountably, he flushed.

"All right," he said. "O.K. But no tweeds. For God's sake, no tweeds!"

Mrs North smiled contentedly. She said she hadn't even thought of anything in tweeds, not for a moment. She liked smooth materials much better anyway.

«Sie war nicht aufgeplusterter als sonst jemand», antwortete sie. «Ganz gleich, was das damit zu tun hat. Ich spreche bloß ganz allgemein über Richter Trowbridge und wie nett er war. Ich erinnere mich nur, wie er immer etwas für sie erledigte.»

«Nun», sagte Mr North, «wenn du ...»

«Einmal nahm er bei ihr Maß», sagte Mrs North ziemlich schnell, «kaufte Stoff und Zubehör und bestellte einen Schneider in sein Büro. Er ließ den Schneider für sie ...»

«Ganz recht», bemerkte Mr North, «ganz recht, ein Kostüm machen.» Er sprach sogar schneller, als Mrs North gesprochen hatte, dann hielt er inne, weil sie ihn anblickte, überrascht und leicht verletzt.

«Ein Kostüm?» sagte Mrs North. «Von einem Kostüm war überhaupt nicht die Rede. Es handelte sich vielmehr um einen Mantel, doch darauf kommt es nicht an. Es ging lediglich darum, dass er an sie dachte, nur darum, wie er fühlte.» In ihrem Tonfall lag ein gewisses Etwas. «Was ließ dich an ein Kostüm denken, mein Lieber?» fragte sie. «Ich dachte, du wolltest nicht, dass ich ein Kostüm bekomme.»

Mr North sah sie an, ihre Blicke begegneten sich, und seltsamerweise errötete er.

«Schön», sagte er. «In Ordnung. Aber keine Tweedstoffe. Um Himmels willen, keinen Tweed!»

Mrs North lächelte zufrieden. An irgend etwas aus Tweed habe sie nicht einmal gedacht, sagte sie, keinen Augenblick lang. Glatte Stoffe seien ihr ohnehin viel lieber.

Buckley's Castle was given its name in the near-by village, not in malice – the Florida cracker is only mildly malicious – but out of justice. When Captain Buckley appeared, around 1910, with carefully drawn plans for his house, he had let the carpenters know that all he wanted of them was their skill, not curiosity. He chose for his site an isolated stretch of dune and beach. When the house was completed, he disappeared for a day or so and, on his return, drove through the village and on to his house without stopping. Assiduous watchers caught a glimpse of a wo-man and a boy.

After that no one ever saw the woman. Father and son – the Captain was heard to call the boy son – came to town once a week to buy supplies. Within a few years the boy came alone. But the curious could get almost nothing out of him. The solitary clue was his mention, only once, of Kissimmee, a town in the center of the state, about sixty miles away, where there was a small colony of English people. That, and the boy's accent, and the father's, told the local inhabitants all they ever knew about their un-neighborly neighbors.

There was something strange about the boy, people said, besides his silence. Beyond the de-tails of shopping, he seemed to know nothing. The face he turned to them was not, like his father's, forbidding; it was simply blank.

A few years after I first saw Buckley's Castle and picked up from village gossip what I have here set down, I was having tea with an old lady of my acquaintance who lived near Kissimmee.

John Andrew Rice: Zufrieden mit seinem Platz

Buckleys Schloss erhielt seinen Namen im nahegelege-
nen Dorf nicht aus Gehässigkeit – der arme Weiße aus
Florida ist nur leicht boshaft –, sondern weil er berechtigt war. Als Captain Buckley um 1910 mit sorgfältig
gezeichneten Plänen für sein Haus auftauchte, hatte er
die Zimmerleute wissen lassen, dass er von ihnen lediglich ihr Geschick, nicht aber ihre Neugier wünsche. Als
Bauplatz wählte er einen einsamen Dünen- und Kü-
stenstreifen. Sobald das Haus fertig war, verschwand
er knapp einen Tag, und als er zurückkam, fuhr er
ohne anzuhalten durchs Dorf und weiter zu seinem
Haus. Eifrige Beobachter erhaschten einen flüchtigen
Blick auf eine Frau und einen Jungen. Danach bekam
nie mehr jemand die Frau zu Gesicht. Vater und Sohn
– man hörte, dass der Captain den Jungen Sohn nannte – kamen einmal die Woche in den Ort, um Verpfle-
gung einzukaufen. In ein paar Jahren kam der Junge
allein. Aber die Neugierigen brachten fast nichts aus
ihm heraus. Der einzige Anhaltspunkt war, dass er,
nur ein einziges Mal, Kissimmee erwähnte, eine Stadt,
die etwa sechzig Meilen entfernt in der Mitte des Staates lag. Dort gab es eine kleine Kolonie von Engländern.
Neben dem Akzent des Jungen, und übrigens auch des
Vaters, war das alles, was die Ortsbewohner über ihre
so wenig freundnachbarlichen Nachbarn erfuhren.

Außer seinem Schweigen, sagte man, habe der Junge
etwas Seltsames an sich. Er schien über die Einzelheiten
des Einkaufens hinaus nichts zu wissen. Das Gesicht,
das er den Leuten zuwandte, war nicht abweisend wie
das seines Vaters; es war einfach ausdruckslos.

Ein paar Jahre, nachdem ich Buckleys Schloss erstmals gesehen und vom Ortsgeschwätz aufgeschnappt
hatte, was ich hier notiere, war ich zum Tee bei einer
mir bekannten alten Dame, die bei Kissimmee wohnte.

The tea was good and I offered the highest praise – that it was as good as one got in England.

"Well," she said, "I learned to make it from the English."

"In England?" I asked.

"No, not exactly," she said, "not in English England; in American England, which is even more English." Before I could smile she went on, "My husband, you know, was an Episcopal clergyman, and, being the nearest thing they could find to the Established Church, acted as spiritual adviser to the English in Kissimmee. He was very High Church and liked to act as father confessor. I, you know, was born a Methodist and I never got used to my husband's religion. Mind you, I'm not saying I'm glad the dear man's gone, but it is a relief not to go on making meaningless noises and motions. But I'm as particular, though, about tea as he was about genuflection, and it's always good. Have another cup. Nobody can make it any better. I'm not talking about the way I serve it. As a matter of fact, I know only one family where it is still served right. I'll take you there sometime. It'll make you homesick for England. You liked it there, didn't you?"

"Yes," I said, "but I wouldn't use the word 'homesick.' I'd just like to see how it feels again. Who is this family? Still in Kissimmee?"

"No," she said. "Moved away years ago, to the coast."

"Not by any chance the Buckleys?" I asked.

"Yes," she said. "What do you know about them?"

"Practically nothing. What do you know?"

"Practically everything," she said.

Der Tee war gut, ich lobte ihn in den höchsten Tönen: er sei so gut, wie man ihn in England bekommt.

«Nun», sagte sie, ich habe die Teezubereitung von den Engländern gelernt.»

«In England?» fragte ich.

«Nein, eigentlich nicht», sagte sie, «nicht im englischen England, sondern im amerikanischen England, das ja noch englischer ist.» Ehe ich lächeln konnte, fuhr sie fort: «Wissen Sie, mein Mann war episkopalischer Geistlicher, und da das von allen Richtungen, die zu finden waren, der englischen Staatskirche am nächsten steht, wirkte er als Seelsorger für die Engländer in Kissimmee. Er hatte sehr viel für die Hochkirche übrig und betätigte sich gern als Beichtvater. Ich bin freilich geborene Methodistin und gewöhnte mich nie an die Religion meines Mannes. Wohlgemerkt, ich sage nicht, dass ich mich über den Tod des lieben Mannes freue, aber es ist eine Erleichterung, nicht weiterhin sinnlose Geräusche und Bewegungen machen zu müssen. Was den Tee angeht, bin ich allerdings ebenso eigenwillig wie er es mit den Kniebeugen war, und der Tee ist immer gut. Trinken Sie noch eine Tasse! Besser kann ihn niemand machen. Ich spreche nicht davon, *wie* ich ihn reiche. Tatsächlich kenne ich nur eine einzige Familie, wo er noch richtig serviert wird. Zu ihr nehme ich Sie einmal mit. Das wird Sie heimwehkrank nach England machen. Es hat Ihnen doch dort gefallen, nicht wahr?»

«Ja», sagte ich, aber ich würde nicht ‹heimwehkrank› sagen. Ich hätte bloß gern nochmals dieses Gefühl. Wer ist die Familie? Noch immer in Kissimmee?»

«Nein», sagte sie, «vor Jahren fortgezogen, an die Küste.»

«Doch nicht zufällig die Buckleys?» fragte ich.

«Ja», sagte sie. «Was wissen Sie über die Familie?»

«So gut wie nichts. Und was wissen Sie?»

«So gut wie alles», sagte sie.

"Well, then," I said, "you can tell me about them. I've wanted to know for a long time."

"No, I won't tell you about them. I'll do better; I'll let you see for yourself. I've often wondered how acute you are. This will be a good test."

"Is is that difficult?" I asked.

"I don't really know," she said. "That's not the way I got the story. I got it bit by bit out of my husband, and it took me a long time. Anyway, it will be fun to see you try. Shall we make it next Wednesday afternoon?"

On the drive over to the coast, she shut off further questions. "It wouldn't be right for me to reveal to you secrets of the confessional," she said, and laughed. "They were meant for the Lord, you know."

The road that ran along behind the dunes was of corrugated shell and forbidding. As we came in sight of Captain Buckley's house, my guide told me that she was one of the few people who ever went to see the family. We climbed a long stairway that led up from the road, and as we paused midway for my friend to catch her breath, I had a closeup of the house. It told me nothing.

The story began inside the entrance. The hat-rack might have come out of Bloomsbury Square, or a rectory I had visited in Norfolk. I had never seen anything like it in America before. The nearest thing would have been in Back Bay, but there would have been a difference. This was authentic Victorian, pure British Victorian.

When
the door opened to the knocker lifted and let fall once, a knocker polished thin, time sudden-

«Nun», sagte ich, «Sie können mir ja von ihr erzählen. Ich wollte schon lange etwas über sie erfahren.»

«Nein, ich werde Ihnen nicht von ihr erzählen. Ich werde etwas Besseres tun; Sie mögen selber dahinterkommen. Ich habe mich schon oft gewundert, wie scharfsinnig Sie sind. Das wird ein guter Test sein.»

«Ist es so schwierig?» fragte ich.

«Ich weiß es wirklich nicht», sagte sie. Ich bin anders an die Geschichte geraten. Ich entlockte sie häppchenweise meinem Mann und brauchte lange dazu. Jedenfalls wird es lustig sein, Sie bei dem Versuch zu beobachten. Machen wir ihn am Mittwoch nachmittag?»

Während der Fahrt an die Küste hinüber schloss sie weitere Fragen aus. «Es wäre nicht recht von mir, Ihnen Geheimnisse aus dem Beichtstuhl anzuvertrauen», sagte sie lachend. «Die waren ja für Gott bestimmt.»

Die Straße aus geriffeltem Muschelkalk, die sich hinter den Dünen hinzog, war gefährlich. Als Captain Buckleys Haus in Sicht kam, sagte mir meine Reiseführerin, dass sie eine der wenigen sei, die jemals diese Familie besuchten. Wir stiegen eine lange Treppe hinauf, die von der Straße emporführte, und als wir auf halbem Weg innehielten, damit meine Freundin wieder Luft holen konnte, betrachtete ich das Haus aus der Nähe. Es sagte mir nichts.

Die Geschichte begann gleich hinter der Tür. Die Hutablage hätte vom Bloomsbury Square stammen können oder aus einem Pfarrhaus, das ich in Norfolk besucht hatte. In Amerika hatte ich dergleichen nie gesehen. Am nächsten gekommen wäre ihr eine Hutablage in Back Bay, doch da hätte ein Unterschied bestanden. Diese hier war echt viktorianisch, reines britisches Viktorianisch. Als die Tür aufging, nachdem wir den Klopfer, einen vom Polieren dünnen Klopfer, angehoben und einmal fallen gelassen hatten, bewegte sich die

ly moved back half a century. I took it all in – the butler, the figurines in one corner of the hall, the hard, twisted weave of the carpet, the bulge of a desk, the panelled walls, and the subdued gleam of wax floors.

First to come into focus was the butler. How is one to describe perfection? The angle of the arm that held the door, the inclination of the head, the stance, the voice that was deliberately not that of a gentleman but the voice of a calling, the eyes seeing without looking. I had forgotten that a thing so perfected and so alien could exist. The American servant is an amateur, superior to his status or else servile. This man was neither. Nor was his art a thing that could have been learned. It was as born in the bones as bird flight.

We followed him down the long hall into a room on the left and found ourselves standing before the family altar, the tea table. Somewhere within the action we must have met our host and hostess, exchanging the words and responses of introduction, but I cannot now recall having seen them until after I had made my silent obeisance. Here was perfection again, nothing accented, nothing omitted: silver rack in which the British cool their toast; plates with silver hoods that presently, when lifted, were to give off the incense of melted butter, anchovy, and cinnamon; the light shining through cups; and a Sheffield tray, with bowls, slop jar, two pitchers, and the Madonna – a great tea cozy, brooding over the pot like a sitting hen.

"We 'ave been 'aving some lovely weather, 'aven't we?" our hostess said, and her secret was out. The genuine cockney is not content merely

Zeit plötzlich ein halbes Jahrhundert zurück. Ich betrachtete alles: den Butler, die Figürchen in einer Ecke der Diele, die feste, verschlungene Webart des Teppichs, die Ausbuchtung eines Pultes, die getäfelten Wände und den gedämpften Glanz gebohnerter Böden.

Als erstes trat der Butler ins Blickfeld. Wie soll man Vollkommenheit beschreiben? Der Winkel des die Tür aufhaltenden Armes, die Neigung des Kopfes, die Haltung, die Stimme, bewusst nicht die eines Gentleman, sondern die einer Berufung, die Augen, zum Sehen bestimmt, aber nicht zum Schauen bestellt. Ich hatte vergessen, dass es etwas so Vollkommenes und so Fremdes geben konnte. Der amerikanische Diener ist ein Laie, entweder über seinen Stand erhaben oder unterwürfig. Dieser Mann war keins von beiden. Seine Kunst war auch nicht etwas, das zu erlernen gewesen wäre. Sie war angeboren wie der Vogelflug.

Wir folgten dem Butler durch die lange Diele in ein Zimmer zur Linken und standen schließlich vor dem Familienaltar: dem Teetisch. Irgendwo und -wie müssen wir unserem Gastgeberpaar begegnet sein und die beim Vorstellen üblichen Worte und Antworten ausgetauscht haben, doch kann ich mich jetzt nicht entsinnen, die beiden gesehen zu haben, bis ich mich schweigend vor ihnen verbeugt hatte. Hier war wiederum Vollkommenheit, nichts hervorgehoben, nichts vergessen: der silberne Ständer, in dem die Briten den Toast kühlen, Teller mit silbernen Hauben, die, kaum dass man sie hochhebt, den Duft von geschmolzener Butter, Sardellen und Zimt freigeben; das durch die Tassen scheinende Licht, ein Tablett aus Sheffield mit Schalen, Abfallbehälter, zwei Krügen und Madonna, einer großen Teehaube, die über dem Topf wie eine Glucke brütet.

«Wir 'aben doch 'errliches Wetter, nicht wahr?» sagte unsere Gastgeberin und verriet damit ihr Geheimnis. Der echte Cockneysprecher begnügt sich nicht

to drop an "h"; a hole is left where the "h" should be, a hole of silence.

Captain Buckley turned to me. "Have you had a chance at any fishing?" he asked, and his "h" was like the rush of wind among the palms.

She removed the cozy and began to pour. "Will you 'ave milk or cream?" she asked. No lemon, mind you.

The unseeing butler passed the sugar, two kinds – lump, and white and yellow the size of grains of rice. These, and even the crumpets, which one never sees in America, with holes oozing butter, were a mere obbligato to the scent of the tea. I exclaimed, and my host said, "Rather good, eh? My father spent many years in India."

That was the only reference he made that day to anything personal. The talk was desultory, but everything else spoke: the fluted paper in the fireplace, the brass coal scuttle on the hearth (this in Florida, where the staple fuel is fat pine), the pull cord of the heavy drapes, and the priestly butler.

I was back in England at the opening of a period drawing-room play, but the designer had been so successful that I found myself seeing not the play itself, only the perfection of the set. The illusion was confirmed by the conversation, which flowed around, without touching, me.

There was no mystery, really. When at last I saw my host and hostess clearly, a long-forgotten sentence popped into my mind: "He married the landlady's daughter," Oxford's final obliteration of a man. He had, in the language of their time, married beneath him. That was why

damit, ein «h» bloß auszulassen; wo eines sein sollte, hinterlässt er ein Loch, ein Loch des Schweigens.

Captain Buckley wandte sich an mich. «Hatten Sie Gelegenheit zum Angeln?» fragte er, und sein «h» war wie ein durch Palmen ziehender Windhauch.

Sie hob die Teehaube ab und begann einzuschenken. «'ätten Sie gern Milch oder Sahne?» fragte sie. Keine Zitrone, wohlgemerkt.

Der ins Leere blickende Butler reichte den Zucker, zwei Sorten – in Würfeln sowie weiß und gelb in der Größe von Reiskörnern. Diese und sogar die Sauerteigfladen, die man in Amerika nie zu sehen bekommt, mit Löchern, aus denen Butter troff, waren bloße Begleitung zum Duft des Tees. Ich äußerte meine Überraschung, und mein Gastgeber sagte: «Recht gut, nicht wahr? Mein Vater verbrachte viele Jahre in Indien.»

Das war der einzige Hinweis auf etwas Persönliches, den er an jenem Tag von sich gab. Die Unterhaltung war sprunghaft, doch alles Sonstige sprach für sich: die gerillte Tapete am offenen Kamin, der Kohleneimer aus Messing auf dem Rost (und das in Florida, wo harzreiches Kiefernholz das übliche Heizmaterial ist), die Zugkordel der schweren Vorhänge und der priesterlich wirkende Butler. Ich war nach England zurückversetzt zur Eröffnung eines historischen Gesellschaftsstücks, aber der Bühnenbildner war so erfolgreich gewesen, dass ich gar nicht das Stück selber sah, sondern nur die Vollkommenheit der Ausstattung. Der trügerische Eindruck wurde durch die Unterhaltung bekräftigt, die um mich herum plätscherte, ohne mich zu berühren.

Es gab wahrhaftig kein Geheimnis. Als ich schließlich meine Gastgeber klar sah, kam mir ein lang vergessener Satz in den Sinn: «Er heiratete die Tochter der Hauswirtin» – Oxfords endgültige Auslöschung eines Mannes. Er hatte, in der Sprache von damals, unter seinem Stand geheiratet. Deshalb waren sie geflohen

they had fled and created their England here. The story, I reflected, was as old as love itself.

Pleased at having so easily found the answer, I picked up that earlier question of my host and we spoke of fishing, which, as every fisherman knows, is not what it used to be. "Twenty-five years ago," he was saying, "the channel bass were so abundant that the surf was red with them," when I noticed the face of my friend turned half toward me and saying, with the wrinkles around her eyes and mouth, "You think you have it, don't you?" Then, as I was about to answer her with a complacent look, I suddenly remembered that the Buckleys had fled not only from England; they had also left Kissimmee and perched themselves atop this lonely dune. Why had they done that? That was the real question. Why the second flight, and this time to complete insularity?

It was then that I began in earnest my search for a clue. There was none. The Captain and his wife presented to me the same settled look. Here was contentment if I ever saw it.

Every tone and gesture spoke of old, accepted habit. Whatever their secret, it was so deeply imbedded in their life that they were no longer aware of it.

That was all I learned, as I sat there drinking tea, and I knew that I would learn nothing more from them. The clock struck six and we rose to go, and said goodbye where we stood. I was to come again any day, they said. The last I saw of them they were standing as still and impassive as the china shepherd and shepherdess that flanked the clock on the mantel beyond. We were led down the long hall by the silent but-

und hatten sich hier ihr England geschaffen. Die Geschichte, überlegte ich, war so alt wie die Liebe selbst.

Erfreut, dass ich die Antwort so leicht gefunden hatte, nahm ich die erste Frage des Gastgebers auf, und wir unterhielten uns über das Fischen, das, wie jeder Angler weiß, nicht mehr ist, was es einmal war. «Vor fünfundzwanzig Jahren», sagte mein Gastgeber gerade, «gab es so viele Barsche, dass die Brandung rot davon war», als ich bemerkte, dass das Gesicht meiner Freundin sich halb mir zuwandte und mit den Falten um Augen und Mund zum Ausdruck brachte: «Sie glauben, Sie sind dahintergekommen, nicht wahr?» Als ich ihr mit einem selbstgefälligen Blick antworten wollte, fiel mir auf einmal ein, dass die Buckleys nicht nur aus England geflohen waren; sie hatten auch Kissimmee den Rücken gekehrt und sich auf dieser einsamen Düne niedergelassen. Warum hatten sie das getan? Das war die wahre Frage. Warum diese zweite Flucht, und diesmal in die völlige Abgeschiedenheit?

Da erst begann ernsthaft meine Suche nach einem Hinweis. Es gab keinen. Der Captain und seine Frau zeigten mir die gleiche gesetzte Miene. Hier herrschte Zufriedenheit, wenn ich je welche gesehen habe. Aus jedem Ton, jeder Gebärde sprach alte anerkannte Gewohnheit. Welches Geheimnis die Buckleys auch haben mochten, es war so tief in ihr Leben eingebettet, dass sie sich seiner nicht mehr bewusst waren.

Das war alles, was ich erfuhr, als ich da saß und Tee trank; ich wusste, dass ich von ihnen nichts weiter erfahren würde. Die Uhr schlug sechs, und wir standen auf, um zu gehen und verabschiedeten uns da, wo wir standen. Ich sollte, sagten sie, jederzeit wiederkommen. Zuletzt sah ich sie noch immer so still und unbeweglich dastehen wie den Schäfer und die Schäferin aus Porzellan zu beiden Seiten der Uhr auf dem Kaminsims drüben. Der schweigsame Butler geleitete uns

ler. The sudden glare of Florida sand was like a blow.

One must drive fast on a washboard road or else the car will land in the scrub, and the rattle of mine made speech impossible. When at last we struck paving, I slowed down and looked at my friend. She smiled and asked, "Well, what did you see?"

"Not much, I'm afraid. Not enough to make a mystery. At first I thought it was obvious: re-mittance man, married the housemaid –"

"Cook," she said.

"Well, married the cook and had to leave Eng-land, and can't, or thinks he can't, go home – an outcast of empire."

"A pretty phrase," she said, "but that's all. Wasn't the British Empire created by people who for one reason or another had to leave England? And he was an outcast, as you say, only as long as his father was alive."

"He could go back now, anyway," I said. "Maybe not forty years ago, but by now there are enough like him, even supposing that people remembered that he had married the cook. So that's not all."

"No, that isn't all. It was, when they first came to this country, but now his father is dead, and left him plenty of money, and he's an only son."

"Even so," I said, "he couldn't go back to the England he has kept with him here. There isn't any any more."

"No," she said, "I suppose not. But he can't go back to his or any other England."

"Well, it's beyond me. I give up."

durch die lange Diele. Der plötzliche grelle Glanz des Sandes von Florida war wie ein Schlag.

Auf einer waschbrettartigen Straße muss man schnell fahren, sonst landet der Wagen im Gestrüpp, und das Rattern des meinigen machte eine Unterhaltung unmöglich. Als wir endlich auf Straßenpflaster gelangten, fuhr ich langsamer und sah meine Freundin an. Sie lächelte und frage: «Nun, was haben Sie gesehen?»

«Leider nicht viel. Nicht genug für ein Geheimnis. Erst dachte ich, es läge alles klar auf der Hand: Müßiggänger, heiratete das Dienstmädchen ...»

«Die Köchin», sagte sie.

«Gut, heiratete die Köchin, musste England verlassen und kann nicht heimkehren, oder glaubt, er könne es nicht – ein Ausgestoßener des Empire.»

«Hübsch formuliert», sagte sie, «das ist aber auch alles. Wurde denn das britische Empire nicht geschaffen von Leuten, die aus irgendeinem Grund England verlassen mussten? Und ein Ausgestoßener, wie Sie sagen, war er doch nur, solange sein Vater lebte.»

«Jedenfalls könnte er jetzt zurückkehren», sagte ich. «Vielleicht nicht vor vierzig Jahren, aber mittlerweile gibt es genug von seiner Art, selbst wenn man annimmt, dass die Leute sich daran erinnern, dass er die Köchin geheiratet hatte. Das ist also nicht alles.»

«Nein, das ist nicht alles. Das war alles, als sie erstmals in dieses Land kamen, doch jetzt ist sein Vater tot und hat ihm viel Geld hinterlassen, und er ist der einzige Sohn.»

«Selbst so», sagte ich, «könnte er nicht in das England zurückkehren, das er sich hier bewahrt hat. Ein solches England gibt es nicht mehr.»

«Nein», sagte sie. «Vermutlich nicht. Doch er kann nicht in sein oder in irgendein England zurückkehren.»

«Nun, da komme ich nicht mehr mit. Ich gebe auf.»

"Try again," she said. "It took me a good while to get the whole story out of my husband. You don't expect me to hand it out to you in five minutes, do you? Think."

We were silent while I went back over the last hour and, finding no clue there, sifted once again the village gossip, which I had almost forgotten. Then I remembered something. "Wasn't there a son?"

"There is a son."

"What's become of him?"

"You know as well as I do," she said, and laughed.

"How on earth would I know?"

"By using your eyes," she said.

"By using my eyes? But that's about all I did."

"I know," she said, "but all the same, the answer was there."

"In the house?"

"In the room," she said.

"But all I saw was the furniture and the Captain and his wife and the butler."

"Well?" she said. Then she added quietly, "The butler is their son."

"Good Lord," I said, "how awful!"

"Why awful?"

"Why, for a man to make a butler out of his own son."

"I didn't say that," she said, "and it isn't true. Nobody made him a butler, unless you agree with my husband. He always said it was the judgment of God. I said why not call it a plain case of heredity. But he wouldn't have that. Wanted to blame somebody – just like a preacher."

"I'm sorry," I said, accepting the rebuke. "But

«Versuchen Sie's nochmal!» sagte sie. «Ich brauchte lang, um meinem Mann die ganze Geschichte zu entlocken. Sie erwarten doch nicht, dass ich sie Ihnen in fünf Minuten aushändige, oder? Denken Sie nach!»

Wir schwiegen, während ich die letzte Stunde noch einmal durchging. Da ich dort keinen Hinweis fand, sichtete ich ein weiteres Mal den Dorfklatsch, den ich beinahe vergessen hatte. Dann fiel mir etwas ein. «War da nicht ein Sohn?»

«Da *ist* ein Sohn.»

«Was ist aus ihm geworden?»

«Das wissen Sie so gut wie ich», sagte sie und lachte.

«Wie, zum Kuckuck, sollte ich das wissen?»

«Indem Sie Ihre Augen gebrauchen», sagte sie.

«Indem ich meine Augen gebrauche? Aber nichts anderes habe ich doch getan.»

«Ich weiß», sagte sie, «dennoch war die Antwort dort.»

«Im Haus?»

«Im Zimmer», sagte sie.

«Doch alles, was ich sah, waren die Möbel, der Captain, seine Frau und der Butler.»

«Na?» sagte sie und fügte dann ruhig hinzu: «Der Butler ist ihr Sohn.»

«Guter Gott!» rief ich, «wie schrecklich!»

«Warum schrecklich?»

«Nun, wenn einer aus seinem eigenen Sohn einen Butler macht.»

«Das habe ich nicht behauptet», sagte sie, «und es ist auch nicht so. Niemand hat einen Butler aus ihm gemacht, es sei denn, Sie stimmen mit meinem Mann überein. Er sagte immer, es sei göttlicher Ratschluss. Ich sagte: warum soll man es nicht einfach Vererbung nennen? Doch davon wollte er nichts hören. Er wollte immer einen Schuldigen – eben wie ein Prediger.»

«Tut mir leid», sagte ich und nahm den Rüffel an.

you did sort of drop it on me, you know. How did it begin? I mean, what started them on their second flight?"

"Oh, that," she said. "Well, when the son was four or five they discovered that he was a backward child – a little slow mentally, but not dangerous; not yet. It was then they left Kissimmee and cut themselves off from their compatriots, because of him. That's when my husband came in, and eventually I. He, poor man, believed in the efficacy of prayer, and when, after a few years, that obviously had failed, I told him not to be a fool, to tell them to take the child to New York, to the best doctors they could find. They did, and got the same advice from all of them."

"Yes," I said, "but why a butler?"

"That was their advice," she said, "to let the boy be what he wanted to be. While he was a tiny tot, he had a passion for putting things in order, and as he grew older, the only thing that would get him out of a tantrum was to let him straighten up the house and wait on table.

Then, while they were in New York, he saw white servants, costume and all – they had only Negroes in Kissimmee – and his 'call came,' as they say in the church."

I was still feeling a little defensive. "But there was no sign of recognition between him and his parents."

"There never is," she said. "As he grew into his calling he grew away from them and now does not know himself as anything except butler, certainly not as son. He will not permit any familiarity. Good servants don't, you know."

«Aber Sie sind damit ja sozusagen über mich hergefallen. Wie hat es angefangen? Ich meine: was veranlasste sie zur zweiten Flucht?

«Oh, das», bemerkte sie. «Nun, als der Sohn vier oder fünf war, entdeckten sie, dass er ein zurückgebliebenes Kind war – geistig ein wenig langsam, aber nicht gefährlich; noch nicht. Damals zogen sie von Kissimmee fort und brachen die Verbindung zu ihren Landsleuten ab, seinetwegen. Und dann trat mein Mann auf den Plan, und schließlich ich. Er, der Arme, glaubte an die Wirksamkeit des Gebets, und als das nach ein paar Jahren offensichtlich nicht geholfen hatte, sagte ich ihm, er solle kein Narr sein und den Buckleys raten, das Kind nach New York zu bringen, zu den besten Ärzten, die sie finden konnten. Das taten sie und erhielten von ihnen allen den gleichen Rat.»

«Ja», sagte ich, «aber warum ein Butler?»

«Das war der Rat der Ärzte», sagte sie, «den Jungen werden zu lassen, was er wollte. Solange er ein kleiner Knirps war, hatte er eine Leidenschaft für das Ordnen der Dinge, und als er älter wurde, riss ihn immer nur eines aus einem Wutanfall heraus: nämlich, wenn man ihm erlaubte, das Haus in Ordnung zu bringen und bei Tisch zu Diensten zu stehen. Damals, während sie in New York waren, sah er weiße Diener, Livree und alles Drum und Dran – in Kissimmee hatte man nur Neger –, und da ‹kam seine Berufung über ihn›, wie es in der Sprache der Kirche heißt.»

Mir war noch immer ein wenig nach Abwehr zumute. «Aber es gab ja kein Zeichen des Erkennens zwischen ihm und seinen Eltern.»

«Das gibt es nie», sagte sie. «Als er in seine Berufung hineinwuchs, entwickelte er sich von ihnen weg und betrachtet sich jetzt ausschließlich als Butler, gewiss nicht als Sohn. Er pflegt keine Vertraulichkeit zuzulassen. Gute Diener tun das nicht, wissen Sie.»

We were silent for a while. Then I asked, "They have no friends?"

"None," she said.

"But how did they know you were coming to tea? Don't tell me they have a telephone."

"They didn't need to."

"You mean they have tea like that every day?"

"Every day," she said. "If they didn't, he would get violent. You would also find dinner something special, every day. It's a little hard on his mother. She has to work like a slave at the cooking. They couldn't keep a cook and a secret."

I laughed and said, "Nice case of comic irony. Her husband took her out of the kitchen and her son put her back."

"Yes, but she doesn't mind, really. She wasn't very happy in the parlor. As you see, she hardly had the makings of a lady."

"No, but –"

"No 'buts,'" she said firmly. "What more could you ask? He lives like a gentleman, with two perfect servants, and these for life. I visit them fairly frequently, and unless I bring someone – and I never bring anybody who lives in Florida – he and I have tea alone, the same kind of tea we had today, and afterward I go out into the kitchen und visit with his wife. The son and I never speak. He knows his place and I try to keep mine."

"Yes, but –"

"I know," she said. "It makes you uncomfortable. It would most people, but it doesn't me. There's something in the prayer book I like to remember – I used to quote it to my husband –

Wir schwiegen eine Weile. Dann fragte ich: «Haben die Buckleys keine Freunde?»

«Keine», sagte sie.

«Aber wie wussten sie, dass Sie zum Tee kamen? Erzählen Sie doch nicht, dass sie ein Telefon haben.»

«Sie brauchten es nicht zu wissen.»

«Wollen Sie damit sagen, dass ihre Teestunde jeden Tag so abläuft?»

«Jeden Tag», sagte sie. «Andernfalls würde er gewalttätig werden. Auch würden Sie bemerken, dass das Abendessen etwas Besonderes ist, jeden Tag. Für seine Mutter ist es recht mühsam. Sie muss wie eine Sklavin beim Kochen schuften. Eine Köchin *und* ein Geheimnis können sie sich nicht leisten.»

Ich lachte und sagte: «Ein netter Fall von komischer Ironie. Ihr Mann holt sie aus der Küche heraus, und ihr Sohn steckt sie dorthin wieder zurück.»

«Ja, doch es macht ihr nichts aus, wirklich nicht. Sie war im Salon nicht sehr glücklich. Sie sehen ja, dass sie kaum das Zeug zu einer Dame hat.»

«Nein, aber . . .»

«Keine ‹aber›», sagte sie nachdrücklich. «Was konnte man mehr verlangen? Er lebt wie ein Gentleman, mit zwei perfekten Dienern, zeitlebens denselben. Ich besuche die Buckleys ziemlich oft, und wenn ich nicht jemanden mitnehme – und ich nehme nie jemanden mit, der in Florida wohnt –, trinken er und ich allein Tee, genauso wie heute, und hinterher gehe ich in die Küche und suche seine Frau auf. Der Sohn und ich sprechen nie miteinander. Er kennt seinen gesellschaftlichen Rang, und ich versuche den meinen zu wahren.»

«Ja, aber . . .»

«Ich weiß», sagte sie. «Es verschafft Ihnen Unbehagen. Den meisten Leuten würde es genauso ergehen, mir aber nicht. Im Gebetbuch steht etwas, woran ich mich gern erinnere – ich pflegte es gegenüber meinem

something about 'make me content with the station in life to which it has pleased God to call me.' They are, and I am content that they should be."

Mann zu zitieren –, etwa so: ‹Es hat Gott gefallen, mich im Leben an diesen Platz zu berufen. Mach mich damit zufrieden!› Die Buckleys sind zufrieden, und ich bin zufrieden, dass sie es sind.»

Tomorrow morning at nine I have to go to the courthouse and get up in front of the coroner and tell how it happened. If I tell what I saw they will put Bulgarian Bill in the big house for life. If I tell what I know about the murder I would have to put most of the blame on the machine and they would think I was crazy. It's going to be a tough job.

There ought to be laws for machines the same as for people. Not for machines that grind crankshafts and bore holes in pistons and that run with belts from the ceiling. Not even for gear-cutting machines that have their own electric motors and that can do automatically almost everything that has to be done to a gear except wrapping it up in brown paper. These machines can only do one thing and that's all. They work on production. But for machines like the one Bulgarian Bill ran, a machine that's got hundreds of electric motors and rheostats and switches and magnets and that's got electric juice running all through it from one end to the other; that's got dozens of control levers where the juice comes out in your hands and gets into your blood and your brain and makes you do things you wouldn't do if you had your right sense; that can pick up a five-ton piece of hot steel and fool around with it the way you would with a brick – for machines like that there ought to be laws the same as for people.

The engineers who came and set the machine up in the factory said it was called a "manipulator." We called it "the hand." It ran on a track and there was a long arm that went in and out

Wessell Hyatt Smitter: Die Hand

Morgen früh um neun muss ich zum Gericht gehen,
um vor dem amtlichen Leichenbeschauer zu erscheinen und auszusagen, wie es geschah. Sage ich, was ich
gesehen habe, wird man Bulgaren-Bill lebenslänglich
ins Kittchen stecken. Sage ich, was ich über den Mord
weiß, müsste ich die meiste Schuld auf die Maschine
schieben, und man würde mich für verrückt halten. Es
wird ein hartes Stück Arbeit.

Für Maschinen sollte es genauso Gesetze geben wie
für Menschen. Nicht für Maschinen, die Kurbelwellen
schleifen, Löcher in Kolben bohren und mit Förderbän-
dern von der Decke her betätigt werden. Nicht einmal
für Zahnrad-Fräsmaschinen, die ihre eigenen elektrischen Motoren haben und die, bis auf das Einwickeln
in Packpapier, fast alles automatisch erledigen können,
was an einem Gewinde zu tun ist. Diese Maschinen
können nur eines tun, und damit hat sich's. Ihre Arbeit zielt auf die Herstellung ab. Doch für Maschinen
wie die von Bulgaren-Bill bediente, eine Maschine, die
Hunderte von Elektromotoren, Widerständen, Schal-
tern, Magneten hat und durch die von einem Ende zum
anderen Strom fließt, eine Maschine mit Dutzenden
von Kontrollhebeln, an denen der Strom austritt, in
deine Hände, dein Blut, dein Gehirn dringt und dich
Dinge tun lässt, die du nie tun würdest, wenn du bei
Verstand wärst, eine Maschine, die einen fünf Tonnen
schweren glühenden Stahlblock aufheben und mit ihm
so herumwerkeln kann, wie du es mit einem Ziegelstein
könntest – für solche Maschinen sollte es ebenso Gesetze geben wie für Menschen.

Die Ingenieure, die kamen und die Maschine im Betrieb aufstellten, sagten, sie heiße «Manipulator».
Wir nannten sie «die Hand». Sie lief auf einer Schiene
und hatte einen langen Arm, der hinein- und heraus-

and could swing around in a circle and at the end of the arm there was a wrist and a hand with an iron thumb and finger. It was used for picking up big chunks of steel and sticking them into the furnaces and taking them out and holding them under the hammer. When the engineers got it set up they went away and the fellow we took to calling Bill came from the factory where it was made and he ran it.

The very first day there was trouble between the Bulgarian and Pete, one of our trick machine men. We were having our lunch and Pete opened his dinner bucket and took out a couple of hard-boiled eggs.

"Eggs again," said Pete. "Always they have to give me hard-boiled eggs."

"You don't like eggs?" said the Bulgarian.

"Like 'em all right," said Pete. "Only thing is it's too much trouble to crack 'em."

Pete got up and went to the hammer. He picked up a handful of iron dust from the floor and made a little pile on the anvil and set an egg on top of it. He turned on the steam and the big hammer, that was twenty feet high and sat on a slab of concrete under the ground that was as big as a house and that was built to strike three-thousand-ton blows, started bobbing up and down, smooth and easy. He let it warm up for maybe a minute and then he shot the big piston down and the hammer just nicked the egg. It cracked the same as it would if you had knocked it against your knee. Then he cracked the other egg the same way.

Pete held the eggs out for the Bulgarian to
see.

"But I cracked 'em, didn't I?" he said.

fuhr und in einem Kreis herumschwingen konnte; am Ende des Arms war ein Gelenk sowie eine Hand mit eisernem Daumen und Finger. Die Maschine wurde verwendet, um große Stahlklumpen aufzuheben, in die Hochöfen zu stecken, herauszunehmen und unter den Hammer zu halten. Als die Ingenieure mit dem Aufstellen fertig waren, gingen sie fort, und der Bursche, den wir dann Bill nannten, kam aus dem Werk, in dem sie hergestellt worden war, und bediente sie.

Schon am ersten Tag gab es Verdruss zwischen dem Bulgaren und Pete, einem von unseren Leuten, die sich auf komplizierte Maschinen verstanden. Wir machten gerade Brotzeit, und Pete öffnete sein Essgeschirr und nahm ein paar hartgekochte Eier heraus.

«Schon wieder Eier!» sagte er. «Immer müssen sie mir hartgekochte Eier mitgeben.»

«Magst du keine Eier?» fragte der Bulgare.

«Ich mag sie schon», sagte Pete. «Bloß ist es zu mühsam, sie aufzuschlagen.»

Pete stand auf und ging zum Hammer. Er hob eine Handvoll Eisenstaub vom Boden auf, formte ihn auf dem Amboss zu einem Häufchen und stellte darauf ein Ei. Er ließ den Dampf an, und der große Hammer, der zwanzig Fuß hoch war und auf einer Zementplatte von der Größe eines Hauses im Boden saß, und der hergestellt war, um mit einer Wucht von dreitausend Tonnen zuzuschlagen, fing an, sich auf und ab zu bewegen, glatt und leicht. Pete ließ ihn etwa eine Minute lang warm laufen, dann ließ er den großen Kolben herabsausen, und der Hammer kerbte das Ei lediglich ein bisschen ein. Es krachte, als hätte man es gegen das eigene Knie geklopft. Dann schlug er das andere Ei auf die gleiche Weise auf.

Pete hielt dem Bulgaren die Eier hin, damit er sie sehen konnte.

«Ich habe sie doch aufgeschlagen, oder?» sagte er.

"Ya," said the Bulgarian. "Nice little trick. How long you practice him?"

The Bulgarian finished eating his noodles and then he got up and took a watch out of his pocket. It was one of those you buy in a drugstore for a dollar and twenty-nine cents.

"Nice little trick, that one," he said, "but I show you one that is better." He held out the watch for Pete to look at.

"See," he said; "the glass is not cracked. Now I will crack it and the watch it will continue to run."

He went to the hammer and turned on the steam and started to fool around with the controls. There was some tape on the lever and he asked Pete if he could take it off and Pete answered short and said "yes" but that he would have to put it back on.

He took off the tape and then fooled around some more, getting the feel of the lever, sending the hammer up and down in long easy strokes but not letting it quite touch the anvil. Then he stopped it and cleaned off the dirt and laid the watch on the anvil with the face up and started the hammer.

"Now you'll see how they make tin foil," said Pete.

That's what we expected to see but we didn't. The hammer slid up and down smooth as lightning. The Bulgarian had his fingers wrapped around the bare iron lever, he had his feet wide apart and his eye on the watch on the anvil and you could hear the steam sing in the pipes and then the piston reached out a long stroke and we knew he'd done it. He shut her off and took up the watch and showed it to us and we saw that

«Ja», sagte der Bulgare. «Hübscher kleiner Trick. Wie lange geübt?»

Der Bulgare aß seine Nudeln auf, erhob sich dann und zog eine Uhr aus der Tasche. Es war eine von denen, die man für einen Dollar neunundzwanzig Cent in einem Drugstore kauft.

«Hübscher kleiner Trick», sagte er, «aber ich zeige dir einen, der besser ist.» Er hielt Pete die Uhr zum Anschauen hin.

«Schau», sagte er, «das Glas hat keinen Sprung. Jetzt wird es einen kriegen, und die Uhr, die wird weiterlaufen.»

Er ging zum Hammer, ließ den Dampf an und begann, mit den Kontrollvorrichtungen herumzuspielen. Auf dem Hebel war irgendein Klebeband, und er fragte Pete, ob er es abnehmen könne. Pete sagte kurz «ja», doch müsse er es wieder anbringen. Bill nahm das Band ab und tändelte dann wieder ein bisschen herum, wobei er ein Gefühl für den Hebel bekam, den Hammer in langen, leichten Zügen auf und ab bewegte, ihn aber nicht ganz mit dem Amboss in Berührung kommen ließ. Dann hielt er ihn an, wischte den Schmutz weg, legte die Uhr auf den Amboss, mit dem Zifferblatt nach oben, und setzte den Hammer in Bewegung.

«Jetzt werdet ihr sehen, wie Stanniol gemacht wird», sagte Pete.

Das erwarteten wir tatsächlich zu sehen; doch es war nicht der Fall. Der Hammer glitt ganz sanft auf und nieder. Der Bulgare hatte seine Finger um den blanken Eisenhebel geklammert, die Füße weit auseinander, den Blick auf die Uhr auf dem Amboss gerichtet, und man konnte den Dampf in den Rohren singen hören. Dann holte der Kolben zu einem langen Hub aus, und wir wussten, dass Bill es geschafft hatte. Er schaltete die Maschine ab, nahm die Uhr und zeigte sie uns. Wir

it was running and there were four even cracks in the glass.

When there is only one thing you can do well and you think you can do that one thing better than anyone else and then somebody comes along and makes you look like a piker it makes you feel pretty tough. Pete thought he was about the best hammer man in the factory but the Bulgarian put Pete in the shade and he felt mean about it.

"In the factory where they make these steam hammers," said the Bulgarian, "I worked before coming to work here. Steam is like a young lion locked up in a cage; electricity is like a man and the Devil in one person. Electricity I like better."

With that he grabs himself a handful of waste and wipes the dirt and grease off the wheels and gears of his machine.

In the afternoon the Bulgarian and Pete were working on a piece of hot steel and they had it under the hammer and the Bulgarian missed a signal and Pete called him a name. The Bulgarian jumped off the machine and squared off in front of Pete and said, "You called me a name. Will you please take it back what you said."

The Bulgarian's eyes were like cast steel and the hammer was going up and down with an oily motion and the hand was holding a big chunk of red steel on the anvil and for a minute or so they stood there and then Pete said, "Sure, I'll take it back."

Working under a roof all the time and never getting out in the sun makes a man yellow. If they had been used to working outdoors they would have gone to the railroad yards after work

sahen, dass sie ging und dass sie im Glas vier gleichför-
mige Sprünge aufwies.

Wenn es nur eine einzige Sache gibt, die man gut
machen kann, und man glaubt, diese eine Sache könne
man besser als sonst jemand, und es kommt dann einer
daher und lässt einen wie einen Stümper aussehen,
dann wird einem ziemlich mulmig zumute. Pete
glaubte, er sei so ziemlich der beste Hammermann im
Betrieb, doch er wurde vom Bulgaren in den Schatten
gestellt und fühlte sich daher erbärmlich.

«In dem Werk, wo diese Dampfhämmer hergestellt
werden», sagte der Bulgare, «habe ich gearbeitet, ehe
ich hierher zur Arbeit kam. Dampf ist wie ein junger,
in einen Käfig gesperrter Löwe; Elektrizität ist wie
Mensch und Teufel in einer Person. Mir ist die Elektrizität lieber.»

Und dabei greift er sich eine Handvoll Abfall und
wischt den Schmutz und das Schmieröl von den Rädern
und den Übersetzungen seiner Maschine.

Nachmittags arbeiteten der Bulgare und Pete gerade
an einem Stück heißen Stahls. Sie hatten es unter dem
Hammer, der Bulgare verpasste ein Signal, und Pete
nannte ihn Idiot. Der Bulgare sprang von der Maschine herunter, baute sich vor Pete auf und sagte: «Du
hast ‹Idiot› gesagt. Willst du bitte zurücknehmen, was
du gesagt hast.»

Die Augen des Bulgaren waren stahlhart, der Hammer bewegte sich gut geölt auf und nieder, die ‹Hand›
hielt gerade einen großen Brocken roten Stahls auf
dem Amboss fest, und etwa eine Minute lang standen
sie da; dann sagte Pete: «Klar, ich nehme es zurück.»

Wenn jemand die ganze Zeit unter einem Dach arbeitet und nie nach draußen an die Sonne kommt, wird er
blass. Wären sie an die Arbeit im Freien gewöhnt
gewesen, so hätten sie nach Feierabend den Verschiebe-
bahnhof aufgesucht und dort zwischen den Reihen der

and there between the rows of box cars they would have had a good fight and after that they would have been friends. We wanted to see a fight but we didn't. Pete was yellow. He was a big man but he looked like he'd been shrunk and hardened in hot oil like a Ford spring. His face and his neck were like leather. And it looked like there was smoke in his hair and the heat from the steel and the fires had done something to him inside. It seemed like the heat had fried every bit of goodness out of his nature. Every man on the floor was scared of him and every man hated the ground he spit on.

That little trouble didn't amount to much but it was the start of everything that happened. Things went along for a while and then one day the Bulgarian got a notice from the front office to turn in his badge; he was fired. It was shady work and Pete was behind it and the Bulgarian knew it but he acted dumb and said nothing. And then they couldn't get anybody that could run the machine and a lot of work piled up on the floor and a couple of high-collars came down out of the front office and talked to Pete with loud voices and they sent a wire to the Bulgarian and he came back. He came down on the floor in his new clothes but before he'd put on his overalls or put a hand on a lever the superintendent had to raise him to eight-forty and that was against the rules because when you're working with steel the hammerman gives the orders and Pete was only getting seven-twenty.

After that Pete hated the Bulgarian like poison and the Bulgarian hated Pete and yet every piece of steel they handled they had to work on together. They didn't talk to each other no more

geschlossenen Güterwagen einen guten Kampf ausgetragen; danach wären sie Freunde gewesen. Wir wollten einen Kampf sehen, aber wir sahen keinen. Pete war fahl. Er war ein großer, kräftiger Mann, sah aber aus, als wäre er zum Schrumpfen gebracht und in heißem Öl wie die Feder eines Ford gehärtet worden. Sein Gesicht und sein Hals waren wie Leder. Und es war, als hätte er Rauch im Haar und als hätten ihm die vom Stahl ausgehende Hitze und die Öfen innerlich etwas getan. Es schien, als hätte die Hitze jedes bisschen Güte aus seinem Wesen herausgebrannt. Jeder in der Halle fürchtete ihn, und jedem war der Boden verhasst, auf den er spuckte.

Dieser kleine Verdruss hatte nicht viel zu bedeuten, war aber der Anfang von allem, was geschah. Eine Zeitlang ging es so weiter, dann erhielt der Bulgare eines Tages aus dem Hauptbüro die Aufforderung, seine Arbeitsmarke abzugeben; er war entlassen. Es war eine fragwürdige Machenschaft; dahinter steckte Pete, und der Bulgare wusste es, handelte aber stumm und sagte nichts. Und dann konnten sie niemanden finden, der imstande war, die Maschine zu bedienen; eine Menge Arbeit stapelte sich auf dem Boden, und etliche Stehkrägen kamen aus der Hauptverwaltung herunter, sprachen laut mit Pete und schickten dem Bulgaren ein Telegramm. Der kam zurück. Er kam in seinem guten Anzug in die Halle herab, doch ehe er seine Arbeitshose mit Brustlatz anzog oder einen Hebel anrührte, musste ihm der Direktor den Lohn auf acht vierzig erhöhen, und das war gegen die Regeln, weil bei der Arbeit mit Stahl der Mann am Hammer die Befehle gibt, und Pete bekam nur sieben zwanzig.

Danach hasste Pete den Bulgaren wie die Pest, und der Bulgare hasste Pete, und doch musste an jedem Stück Stahl, das sie handhaben, gemeinsam weitergearbeitet werden. Sie sprachen nicht mehr als nötig

than they had to and pretty soon, partly because of the noise and partly because they hated each other, Pete started using signals and after a while he gave the Bulgarian all his orders that way and at last they got so they never said a word to each other the whole day. When they were working on a job that was tricky it was fun to see the way Pete could tell the Bulgarian what to do or how to hold the steel under the hammer just by a jerk of the head, or a little twist of the thumb or the way he would spread his four fingers and hold his hand for a second, pointing downward. Everybody thought Pete was mighty smart to be able to do it but it was the Bulgarian who was the one that was smart because he was the one that had to know what all the little signs meant.

Day after day the Bulgarian got to be more expert with his machine. Visitors would come through the factory and they would think it was a pretty swell sight to see Pete stand behind the green glass and the big hammer coming down on the hot steel and the sparks shooting out in a twenty-foot circle. The hammer would make the ground shake and the building would rattle. But if there was anybody in the crowd that knew anything about machinery they watched Bulgarian Bill and the hand. He would be standing behind his control levers with his eye on Pete, getting the signals, and the big hand would tilt the steel a little, or turn it, or bring it a little forward or backward, or put it down on the floor to get a new hold, and you'd hear the click of the switches and the Bulgarian's hands on the levers would be as fast as greased lightning. Off the machine he was easy-going and slow and sober and when he started out to say something you'd

miteinander, und ziemlich bald begann Pete, teils wegen des Lärms und teils, weil sie einander hassten, Zeichensprache zu gebrauchen. Nach einer gewissen Zeit erteilte er dem Bulgaren alle seine Befehle auf diese Weise, und schließlich kamen sie so weit, dass sie den ganzen Tag kein Wort zueinander sagten. Wenn sie über einer schwierigen Arbeit waren, machte es Spaß zu sehen, wie Pete – bloß durch einen Ruck des Kopfes oder durch eine kleine Drehung des Daumens oder durch die Art, wie er seine vier Finger spreizte und die Hand eine Sekunde lang, nach unten zeigend, zu halten pflegte – Bill zu verstehen geben konnte, was zu tun oder wie der Stahl unter den Hammer zu halten sei. Jeder hielt Pete für ungemein gescheit, weil er das konnte, doch der Gescheite war der Bulgare, weil *er* wissen musste, was all die kleinen Zeichen bedeuteten.

Tag um Tag handhabte der Bulgare seine Maschine mit mehr Erfahrung. Besucher pflegten zu kommen und durch das Werk zu gehen, und sie hielten es für einen ziemlich tollen Anblick, wenn sie Pete hinter dem grünen Glas stehen sahen, der große Hammer auf den heißen Stahl niederfuhr und die Funken in einem Umkreis von zwanzig Fuß stoben. Der Hammer erschütterte jedesmal den Boden, und das Gebäude zitterte. Wenn aber jemand in der Menge war, der sich mit Maschinen auskannte, beobachtete er Bulgaren-Bill und die ‹Hand›. Er stand immer hinter seinen Kontrollhebeln, den Blick auf Pete gerichtet, nahm die Zeichen auf, und die große Hand pflegte den Stahl ein wenig zu kippen, zu wenden, ein bisschen vor- oder rückwärts zu bewegen oder auf dem Boden abzusetzen, um neu zuzupacken, und man konnte das Klicken der Schalter hören, und die Hände des Bulgaren an den Hebeln waren so schnell wie ein geölter Blitz. Wenn er nicht an der Maschine stand, war er gemächlich, langsam, nüchtern, aber sobald er etwas sagen wollte, wusste

know what it was before he had the words out of his mouth but when he got his hands on the levers he was as slick and as fast as a cat. If you watched him more than three or four minutes you'd forget that he was a man and you'd get to feel that he was just a complicated part of the hand. Once one of the helpers got up on the machine and touched one of the levers and got a shock.

"Judas," he said, "there's juice in them levers."

"That is static," said the Bulgarian. "It is good for the nerves and the brain."

To us fellows who worked on the floor the machine was just a complicated piece of machinery that had a lot of electrical things in it but to the Bulgarian it was more and we noticed after a while that he acted as if he was sort of stuck on it like a high school kid with his first girl. Pete noticed it, too, and pretty soon he started taking out his spite on the machine. He chewed tobacco and whenever he got the chance he would plaster tobacco juice and the hand, or when the machine would roll past his hammer like as not he would open the relief cock in the cylinder and let out a blast of oily steam and hot water.

When it got near quitting time us fellows that worked on the floor didn't think about anything except how to get out of the factory as quick as possible. Twenty minutes before it was time for the bell we'd have our aprons rolled up and our tools in a pile and our dinner buckets standing where we could grab them on a run. But the Bulgarian, when the bell rang, he'd go off after a handful of waste and a bunch of old rags and put in a half hour on his own time rubbing the dried tobacco juice off the

man schon, worum es ging, bevor er die Worte formuliert hatte, doch wenn er die Hebel anfasste, war er geschickt und behende wie eine Katze. Beobachtete man ihn länger als drei oder vier Minuten, vergaß man, dass er ein Mensch war und gewann den Eindruck, er sei lediglich ein komplizierter Teil der ‹Hand›. Einmal stieg einer der Gehilfen auf die Maschine, berührte einen der Hebel und kriegte einen Stromschlag.

«Judas», sagte er, «da ist ja Saft in den Hebeln.»

«Der ist ruhend», sagte der Bulgare. «Er ist gut für Nerven und Gehirn.»

Für uns, die wir in der Halle arbeiteten, war die Maschine lediglich ein vertrackter Mechanismus, der eine Menge elektrisches Zeug in sich hatte, doch für den Bulgaren war sie mehr, und nach einer Weile bemerkten wir, dass er sich betrug, als bliebe er gewissermaßen an ihr hängen wie ein Pennäler an seinem ersten Mädchen. Auch Pete bemerkte es, und ziemlich bald begann er, seinen Zorn an der Maschine auszulassen. Er kaute Tabak, und immer wenn sich die Gelegenheit bot, klebte er Tabaksaft an sie, oder wenn sie an seinem Hammer vorbeirollte, pflegte er mit großer Wahrscheinlichkeit den Ablasshahn im Zylinder aufzudrehen und einen Schwall öligen Dampfes und heißen Wassers abzulassen. Wenn der Feierabend näherrückte, dachten wir Arbeiter in der Halle an nichts anderes als daran, wie wir schnellstens aus dem Werk kommen könnten. Zwanzig Minuten vor dem Ertönen des Glockenzeichens waren unsere Schürzen schon immer zusammengerollt, unser Werkzeug auf einem Haufen, und unsere Essensträger standen da, wo wir sie im Laufen schnappen konnten. Doch der Bulgare suchte, wenn das Glockenzeichen ertönte, gewöhnlich eine Handvoll Abfall und einen Packen Lumpen und hängte eine halbe Stunde seiner Freizeit an, um den angetrockneten Tabaksaft von der Maschine zu

hand or polishing the brass and the levers and fooling around to see that everything was o.k. He'd never leave the factory until he was sure Pete had gone out of the front gate and if some little thing got out of whack with the machine he acted like a sick cat until it was fixed and sometimes he would even spend half the night in the factory without pay helping the mechanics. Even during the lunch hour he would fool around with his machine, doing little things to it, or trying to make himself more expert and practising stunts with the hand like opening windows or taking the dinner buckets off the bench and putting them up on the shelf, or trying to pick milk bottles off the floor without busting them. He was a nut when it came to doing things with machinery.

One day they got into another argument about calling names. The first thing I saw was the Bulgarian climbing off his machine and marching up to Pete like he meant business. This time, I thought, there'll be a good fight.

"You will take it back this time, too?" said the Bulgarian.

"Take what back?" said Pete. He acted like he was surprised.

"The name that just now you called me."

"What name?" said Pete.

"You know the name what it was," said the Bulgarian. "You called me the son of a Bulgarian bastard."

"You're crazy," said Pete. "I was talking to the machine."

"You called the machine that?" said the Bulgarian. "That name you called the machine?"

"Sure," said Pete. "You see I wasn't sure if

reiben oder das Messing und die Hebel zu polieren und herumzuwerfen, um dafür zu sorgen, dass alles in Schuss war. Er ging nie aus der Fabrik, bis er sicher war, dass Pete das Haupttor verlassen hatte, und wenn eine Kleinigkeit an der Maschine nicht stimmte, verhielt er sich wie eine kranke Katze, bis der Schaden behoben war, und mitunter verbrachte er sogar die halbe Nacht ohne Bezahlung in der Fabrik und half den Mechanikern. Selbst während der Brotzeit tändelte er mit seiner Maschine herum, nahm Kleinigkeiten an ihr vor oder versuchte sich kundiger zu machen und übte Glanzstückchen mit ihr, etwa: Fenster öffnen, die Essensträger von der Bank nehmen und auf das Regal stellen, oder Milchflaschen vom Boden aufheben, ohne sie zu zerschlagen. Er war ein verrückter Kerl, wenn es darum ging, irgend etwas mit Maschinen zu machen.

Eines Tages gerieten Bill und Pete wegen Beschimpfungen wieder aneinander. Das erste, was ich sah, war, dass der Bulgare von seiner Maschine kletterte und auf Pete zuging, als mache er Ernst. Diesmal, dachte ich, wird es einen ordentlichen Kampf geben.

«Willst du es diesmal auch zurücknehmen?» fragte der Bulgare.

«Was zurücknehmen?» sagte Pete. Er tat, als wäre er überrascht.

«Das Schimpfwort, das du eben gesagt hast.»

«Was für ein Schimpfwort?» sagte Pete.

«Du weißt, was für ein Schimpfwort es war», sagte der Bulgare. «Du hast mich den Sohn eines bulgarischen Bastards genannt.»

«Du spinnst», sagte Pete. «Ich habe mit der Maschine gesprochen.»

«Die Maschine hast du so genannt?» fragte der Bulgare. «Das Wort hast du zur Maschine gesagt?»

«Klar», sagte Pete. «Weißt du, ich war mir nicht

that name would fit you. You ain't the son of a Bulgarian bastard, are you?"

The Bulgarian lost all his sap. His big hands hung loose at his sides and by the looks on his face you could tell he was trying to figure out something that was too hard.

But after he got back up on his machine and started working again and the levers clicked under his hands his looks changed. His eyes were like a piece of cold Bessemer steel that's just cut.

Two days after that, or maybe three, I was chipping the scale off a big block of malleable and Pete was standing with his back to the machine and he was looking at a blueprint on a table where there were some dinner buckets standing and I was sitting down, taking it easy, and just by accident I looked at one of the wheels on the carriage of the machine and I thought it was moving a little, but if it was it was going so slow I wasn't sure if it was moving or not, and I kept looking at it and pretty soon it got sort of like playing a game with myself and then I looked up to see what the Bulgarian was doing and it was plenty.

He was standing with his hands on the levers and you could see the white on his knuckles and not a muscle was moving and he had his eyes fastened on Pete like a bird dog that smells a partridge in the dead leaves six feet in front of his nose. Then I looked at the arm and I thought it was moving; I thought it was coming down toward the floor but if it was moving it was coming so slow I couldn't be sure. Then I looked at the hand and I saw the big claws slowly starting to open. The skin got tight on my head and every

sicher, ob das Wort auf dich passen würde. Du bist doch nicht der Sohn eines bulgarischen Bastards, oder?»

Der Bulgare verlor alle Farbe. Seine großen Hände hingen schlaff herunter, und an seinem Gesichtsausdruck konnte man erkennen, dass er versuchte, etwas allzu Schwieriges zu begreifen. Doch nachdem er auf seine Maschine zurückgegangen war, die Arbeit wieder aufgenommen hatte, und die Hebel unter seinen Händen klickten, veränderte sich seine Miene. Seine Augen waren wie ein Stück kalter, frisch geschnittener Bessemerstahl.

Zwei oder vielleicht drei Tage danach war ich dabei, von einem großen Block Temperguss den Kesselstein abzuklopfen. Pete stand mit dem Rücken zur Maschine und sah sich eine Blaupause an, die auf einem Tisch lag, auf dem einige Essensträger standen. Ich setzte mich, machte es mir gemütlich und schaute ganz zufällig auf eines der Räder am Fahrgestell der Maschine. Ich dachte, es bewege sich ein bisschen; wenn das aber zutraf, geschah es jedenfalls so langsam, dass ich mir nicht sicher war, ob es sich bewegte oder nicht. Ich blickte ständig hin, und ziemlich bald wurde es gewissermaßen so, als triebe ich ein Spiel mit mir allein, und dann blickte ich nach oben, um zu sehen, was der Bulgare tat, und das war allerhand.

Er stand da, die Hände an den Hebeln, und man konnte das Weiße an seinen Knöcheln sehen. Kein Muskel bewegte sich, und er hatte den Blick auf Pete gerichtet wie ein Hühnerhund, der sechs Fuß vor seiner Nase ein Rebhuhn im toten Laub erschnuppert. Dann schaute ich auf den Arm und dachte, er bewege sich; ich hatte den Eindruck, er senke sich in Richtung Boden, doch wenn er sich bewegte, war es so langsam, dass ich mir nicht sicher sein konnte. Dann blickte ich auf die ‹Hand› und sah, dass die mächtigen Greifer sich langsam zu öffnen begannen. Mir wurde die Kopf-

hair felt like it was a pin sticking into my scalp and I let out a yell:

"The hand!"

Pete turned around and looked at me and came over to me where I was working and he said:

"What's the matter with you?"

"I don't know," I said. "I guess I'm getting the willies."

He looked at me for a minute and I guess he thought I was crazy and then he walked away and I looked at the Bulgarian and he had his head stuck in the tool box digging around in his tools.

First I thought I'd tell Pete all about it and let him know what I saw and say to him:

"Pete, for the love of Mike don't ever turn your back to that machine when the Bulgarian is on it because you can't never tell what that crazy guy might do when he gets his hands on those levers and the juice gets into his brains."

But I kept putting it off and I thought maybe the other fellows would hear about it and think I was crazy and after a couple of days I wasn't sure if what I had seen really happened or if it was just my imagination and so I thought the best thing to do would be to keep still and so I kept my mouth shut and said nothing.

A couple of weeks later they rolled in a piece of steel that must have weighed seven or eight tons. It was square and it had to be hammered into a shape that looked something like a mud turtle. They were going to make it into a die-block for a machine that was supposed to press the whole top of an automobile out of one piece of sheet iron.

"We don't want no deep flaws in this piece,"

haut eng, jedes Haar kam mir wie eine Stecknadel vor, die mir hineindrang, und ich stieß einen Schrei aus:

«Die Hand!»

Pete drehte sich um, sah mich an, kam zu mir herüber, wo ich arbeitete und sagte:

«Was ist los mit dir?»

«Ich weiß nicht», sagte ich. «Wahrscheinlich werde ich nervös.»

Er sah mich einen Augenblick lang an und dachte vermutlich, ich sei übergeschnappt. Dann ging er weg, und ich blickte zum Bulgaren. Der hatte den Kopf in der Werkzeugkiste stecken und kramte in seinem Werkzeug herum.

Zuerst dachte ich daran, Pete alles zu erzählen, was ich gesehen hatte und ihm zu sagen:

«Pete, dreh dich um Himmels willen nie mit dem Rücken zur Maschine, wenn der Bulgare an ihr ist, weil du nie sicher sein kannst, was dieser verrückte Bursche tun könnte, wenn er die Hände an diese Hebel kriegt und ihm der Strom ins Hirn steigt.»

Doch ich schob es weiterhin auf; ich dachte, dass die anderen Kumpel davon hören und mich für verrückt halten könnten. Nach etlichen Tagen war ich mir nicht mehr sicher, ob das, was ich gesehen hatte, sich wirklich zugetragen hatte oder ob ich es mir nur einbildete; so schien es mir das beste, Stillschweigen zu bewahren; ich hielt daher den Mund und sagte nichts.

Ein paar Wochen später wurde ein Stück Stahl hereingerollt, das sieben bis acht Tonnen gewogen haben musste. Es war quadratisch und musste in eine Form gehämmert werden, die etwa wie eine Klappschildkröte ausschaute. Man wollte einen Spritzgussblock für eine Maschine daraus machen, die das ganze Verdeck eines Automobils aus einem einzigen Stück Eisenblech pressen sollte.

«Wir wollen keine tiefen Blasen in diesem Stück

the superintendent said to Pete. "The job is experimental and by the time it's milled down there'll be at least a couple of thousand dollars against it."

In the morning Pete put the steel to soak in the fire and after lunch he got out the blueprint to study it and at three o'clock the steel was hot and ready to go under the hammer. Pete gave the Bulgarian some signals. He jerked his left thumb in a backward direction, jerked his head to one side, screwed up one corner of his mouth, pointed a finger at the furnace, made a motion with his thumb toward the hammer and spit out a long thin stream of tobacco juice. If he had hollered out those instructions so that you could have heard him above the roar of the fires what he told the Bulgarian would have been something like this:

"Come on you foreign bastard, get your finger out of your shirt-tails and get that rig down here and pull that steel out of number two and put it under the hammer and I hate your guts." Of course there were some small and fine meanings in Pete's signals that fellows like us didn't always get. You had to be good at it, like the Bulgarian, to get everything.

The machine rolled down the track and Pete threw in the switch and the motor pulled the heavy brick door of the furnace up to the ceiling. The heat was like a rolling white fog inside and the Bulgarian crouched low behind the isinglass shield and the long arm reached in for the steel and the heat was just right but the steel was heavy. The Bulgarian swung it around to the hammer and Pete was standing in place and the hammer was warming up but not coming all the

haben», sagte der Direktor zu Pete. «Die Arbeit ist ein Versuch, und bis zu dem Augenblick, wo es heruntergewalzt ist, werden mindestens ein paar tausend Dollar weg sein.»

Am Morgen schob Pete den Stahl ins Feuer, um ihn weich zu machen, und nach der Brotzeit nahm er sich die Blaupause vor, um sie zu studieren. Um drei Uhr war der Stahl heiß und fertig, um unter den Hammer zu kommen. Pete gab dem Bulgaren einige Zeichen. Er wies mit einem Ruck seines linken Daumens nach hinten, warf den Kopf zur Seite, verzog einen Mundwinkel nach oben, zeigte mit einem Finger auf den Hochofen, machte eine Bewegung mit dem Daumen in Richtung Hammer und spuckte einen langen dünnen Strahl von Tabaksaft aus. Hätte er diese Anweisungen so hinausgebrüllt, dass er den Lärm des Feuers übertönt hätte, so wäre es etwa folgendes gewesen, was er dem Bulgaren sagte:

«Los, du Bastard, du ausländischer, nimm deinen Finger aus dem Hemdzipfel, lass diesen Apparat hier herunter, und nimm den Stahl dort aus dem Ofen Nummer zwei und halte ihn unter den Hammer! Ich hasse deinen Wanst.» Natürlich steckten in Petes Zeichen etliche kleine und feine Bedeutungen, die wir nicht immer mitkriegten. Man musste sich schon, wie der Bulgare, darauf verstehen, um alles mitzubekommen.

Die Maschine rollte das Gleis entlang, Pete stellte die Weiche, und der Motor zog die schwere Ziegeltür des Hochofens zur Decke hinauf. Im Innern war die Hitze wie ein rollender weißer Nebel. Der Bulgare kauerte tief hinter dem Schutzschild aus Glimmer, und der lange Arm griff hinein nach dem Stahl. Die Hitze war gerade richtig, doch der Stahl war schwer. Der Bulgare schwang ihn zum Hammer herum, Pete stand bereit, der Hammer war im Begriff, warm zu werden, kam

way down. The Bulgarian figured that Pete was going to round off four corners of the block against the flat base of the opposite side but Pete touched the two opposite corners of the steel with his long rod and then made an up and down slicing motion with his hand that meant that he was going to flatten one corner and make it into the base and that he wanted the block held in such a way that two corners of it would be in a perpendicular line with the stroke of the hammer. The Bulgarian saw right then that he was going to have a tough job.

He raised the block to the anvil but at the first blow of the hammer the hand began losing its grip on the steel and he lowered it to the floor to get a new hold and Pete motioned for him to get it up there and stop fooling around with it because they were losing the heat but the Bulgarian got down off the machine and came up to Pete and said:

"Why do you not do it the other way? It is to make it hard for the machine that you do it this way."

"Get that steel up there," Pete hollered at him. "I'll let you know when I need you to tell me how to run my own job."

The Bulgarian climbed back on the machine and he started to fool around with the steel, trying to get a good hold on it so that he could set one corner down on the anvil and he picked it up and then let it down again on the floor and it was heavy, and above the click of his levers you could hear the loud grind of the gears and the whine of the motors like they was doing something they didn't want to and Pete was standing there with a mad look on his face and a bunch of visitors

aber nicht die ganze Strecke herab. Der Bulgare dachte, Pete werde vier Ecken des Blocks gegen die flache Basis der gegenüberliegenden Seite zu abrunden, aber Pete berührte mit seinem langen Stab die zwei gegenüberliegenden Ecken des Stahls und machte dann mit der Hand eine lange Schneidebewegung hinauf und hinunter, die bedeutete, dass er eine Ecke abzuflachen und zur Basis zu machen gedachte, und er den Block so festgehalten wissen wollte, dass zwei seiner Ecken sich in einer lotrechten Linie mit dem Hammerschlag befanden. Eben da sah der Bulgare, dass er ein schweres Stück Arbeit vor sich hatte. Er hob den Block auf den Amboss, doch beim ersten Hammerschlag begann die ‹Hand›, ihren Zugriff auf den Stahl zu verlieren, der Bulgare ließ den Block auf den Boden hinunter, um erneut zuzupacken, und Pete gab Bill zu verstehen, er möge den Block dort hinaufheben und aufhören, damit herumzuspielen, weil sie die Hitze verlören. Doch der Bulgare stieg von der Maschine herab, ging auf Pete zu und sagte:

«Warum machst du es nicht anders herum? Du machst es so, um es der Maschine zu erschweren.»

«Schaff diesen Stahl dort hinauf!» brüllte Pete ihn an. «Ich werde dich's wissen lassen, sobald ich dich brauche, um mir zu sagen, wie ich meine eigene Arbeit zu tun habe.»

Der Bulgare kletterte auf die Maschine zurück und begann mit dem Stahl herumzuhantieren, wobei er versuchte, ihn gut in den Griff zu bekommen, um eine Ecke auf den Amboss setzen zu können. Er hob ihn auf, setzte ihn dann wieder auf dem Boden ab; der Block war schwer, und das Klicken der Hebel wurde übertönt vom lauten Knirschen der Getriebe und dem Winseln der Motoren, als täten sie etwas, was sie nicht wollten. Und Pete stand da mit irrem Blick, und eine Besucherschar kam herein, einer hinter dem ande-

came stringing in and stopped in the aisle and watched Pete and the Bulgarian.

Pete saw there was a couple of good-looking dames in the crowd and he was anxious to show what he could do with the hammer and he gave the Bulgarian a signal – "make it snappy and get it up there," but the Bulgarian never took his eyes off the hand. He got it up there but before he had it square on the anvil Pete sent the big hammer down and the blow was off center and it started slipping again and the Bulgarian let out a yell – "I can't hold it," and by the sound of his voice you'd think he was trying to hold his own soul and that it was just about to drop off down into Hell. He was far enough away from the steel not to get much of the heat but his hair was stringy and wet and hung over his eyes and the sweat ran down his face and the front of his neck. Once more he let the steel down on the concrete and he handled the levers not with slick easy motions but hard and fast and every minute it looked like something would go to pieces or snap. They were losing the heat and the steel was getting dark on the edges and Pete hollered out:

"Get it up there and hold it or say you can't do it and get off the job."

The Bulgarian grabbed it again and stuck it under the hammer and while he was still turning it a little, trying to get it just right on the anvil, Pete tripped the hammer and it came down under a full head of steam and hit one of the claws on the hand. The Bulgarian let out a yell as if he'd been shot. He loosened his grip and backed away from the hammer and let the steel tumble down on the floor. Pete stripped off his goggles and

ren, hielt im Gang an und beobachtete Pete und den Bulgaren.

Pete sah, dass einige gut aussehende Damen in der Gruppe waren; er war erpicht darauf, zu zeigen, was er mit dem Hammer tun konnte und gab dem Bulgaren ein Zeichen – «mach schnell und schaff ihn dort hinauf!», doch der Bulgare wandte nie den Blick von der ‹Hand› ab. Er bekam den Block hinauf, doch ehe er ihn fest auf dem Amboss hatte, schickte Pete den großen Hammer herab, und der Schlag ging daneben; der Block begann wieder herabzugleiten, und der Bulgare stieß einen Schrei aus: «Ich kann ihn nicht halten», und am Klang seiner Stimme mochte man meinen, er versuche seine eigene Seele festzuhalten, die gerade im Begriff sei, in die Hölle zu fallen. Er war weit genug vom Stahl entfernt, um nicht viel Hitze abzubekommen, doch seine Haare waren klebrig und nass und hingen ihm über die Augen, und der Schweiß lief ihm über das Gesicht und die vordere Halspartie. Noch einmal ließ er den Stahl auf den Beton hinunter; er betätigte die Hebel nicht mit flotten, leichten Bewegungen, sondern hart und schnell, und jede Minute sah es aus, als würde etwas in die Brüche gehen oder zerkrachen. Die Hitze ging verloren, der Stahl wurde an den Rändern dunkel, und Pete brüllte los:

«Schaff ihn hinauf und halt ihn fest oder sag, dass du es nicht tun kannst und verschwinde!»

Der Bulgare fasste ihn abermals, hielt ihn unter dem Hammer fest, und während er den Block noch ein bisschen drehte und versuchte, ihn richtig auf den Amboss zu kriegen, ließ Pete plötzlich den Hammer los, der unter vollem Druck niedersauste und eine der Krallen der ‹Hand› traf. Der Bulgare stieß einen Schrei aus, als wäre auf ihn geschossen worden. Er lockerte seinen Griff, wich vom Hammer zurück und ließ den Stahl auf den Boden fallen. Pete nahm die Schutzbrille ab, hob

brought his two hands up together and jerked them down backward past his sides and jabbed his thumb in the direction of number two furnace. Just roughly that meant:

"You'd better give it up, you big ox. Pick it off the floor and stick it back in the fire." But if you took all the hate and disgust and the cuss words that he packed into them two little motions you couldn't have got them all in a book.

Pete stepped to the wall and threw in the switch and the big door on number two went up to the ceiling and he still had his back to the machine and his hand on the switch when the long arm shot out and the hand grabbed him in the middle and stuck him into number two furnace.

When the hand came out it was empty and one of the dames let out a scream that you could have heard in the street. A puff of black smoke and red flame rolled out of number two and there was a smell like burning horse hair and for a half minute maybe the air-pumps stopped growling for something to do and then they started growling again the same as before. When the factory cops came on the floor the Bulgarian was standing up on the machine and his face muscles were tight and he had his hands on the levers and you could see that the skin was white on his knuckles. And when he saw the cops coming toward the machine it started rolling to meet them and the big arm swung around like a rattlesnake's head and the hand opened and the three cops came to stop and then started backing away as fast as they could. And then someone hollered:

"The switch; throw out the switch."

And then one of the cops ran to the master switch on the wall and pulled out the handle and

beide Hände zugleich in die Höhe, riss sie nach unten zurück und stieß mit dem Daumen in die Richtung von Hochofen Nummer zwei. Grob gesagt hieß das:

«Du solltest es lieber aufgeben, du Hornochse. Heb ihn vom Boden auf und schieb ihn ins Feuer zurück!» Nahm man aber den ganzen Hass und die ganze Verachtung, sowie die Schimpfworte, die in diese beiden kleinen Bewegungen gepackt waren, so hätte man das alles nicht in einem Buch untergebracht.

Pete ging zur Mauer, drückte den Schalter hinein, und die große Tür an Nummer zwei ging zur Decke hinauf. Er stand noch immer mit dem Rücken zur Maschine und der Hand am Schalter, als der lange Arm herausschoss, die ‹Hand› ihn in der Mitte packte und in den Ofen Nummer zwei steckte.

Als die ‹Hand› herauskam, war sie leer, und eine der Damen stieß einen Schrei aus, den man auf der Straße hätte hören können. Ein Wölkchen aus schwarzem Rauch und roter Flamme wand sich aus Nummer zwei; es roch wie brennendes Pferdehaar, und vielleicht eine halbe Minute lang hörten die Luftpumpen auf, nach irgendeiner Arbeit zu brummen; dann fingen sie wieder an, wie vorher zu brummen. Als die Werkspolizisten in die Halle kamen, stand der Bulgare oben an der Maschine, seine Gesichtsmuskeln waren angespannt, er hatte die Hände an den Hebeln, und man konnte sehen, dass die Haut an seinen Knöcheln weiß war. Als er die Polizisten auf die Maschine zukommen sah, fing diese zu ihrem Empfang zu kreisen an, und der große Arm fuhr herum wie der Kopf einer Klapperschlange, die ‹Hand› ging auf, und die drei Polizisten blieben gleich stehen und begannen dann, so schnell sie konnten, zurückzuweichen. Dann brüllte jemand:

«Der Schalter; drehen Sie den Schalter aus!»

Und dann lief einer der Polizisten zum Hauptschalter an der Mauer, zog den Griff heraus, der große Arm fiel

the big arm dropped down and the hand came to rest on the floor. The Bulgarian got limp and he slumped over the levers. They jerked him off his machine and he made no trouble at all when they put the handcuffs on him and took him away in the wagon. They put the fire out in number two and the coroner came and asked questions and all he found in the furnace was three brown dimes and a buckle and he told me to be at the courthouse at nine to tell how it happened. If I tell what I saw they will put Bulgarian Bill in the big house for life. If I tell what I know about the murder they will think that I'm crazy. It's going to be a tough job to tell them.

herab, und die ‹Hand› kam auf den Boden zu liegen. Der Bulgare wurde schlaff und klappte über den Hebeln zusammen. Sie zerrten ihn von der Maschine, und er machte keinerlei Umstände, als sie ihm die Handschellen anlegten und ihn im Wagen mitnahmen. Das Feuer in Nummer zwei wurde ausgemacht, der Leichenbeschauer kam und stellte Fragen; alles, was er im Ofen fand, waren drei braune Zehncentstücke und eine Schnalle. Er trug mir auf, um neun Uhr im Gericht zu erscheinen, um zu sagen, wie es geschah. Erzähle ich, was ich gesehen habe, steckt man Bulgaren-Bill lebenslänglich ins Kittchen. Erzähle ich, was ich über den Mord weiß, hält man mich für verrückt. Die Aussage wird ein hartes Stück Arbeit werden.

They were new patients to me, all I had was the name, Olson. Please come down as soon as you can, my daughter's very sick.

When I arrived I was met by the mother, a big startled-looking woman, very clean and apologetic who merely said, Is this the doctor? and let me in. In the back, she added, You must excuse us, doctor, we have her in the kitchen where it is warm. It is very damp here sometimes.

The child was fully dressed and sitting on her father's lap near the kitchen table. He tried to get up, but I motioned for him not to bother, took off my overcoat and started to look things over. I could see that they were all very nervous, eyeing me up and down distrustfully. As often, in such cases, they weren't telling me more than they had to, it was up to me to tell them; that's why they were spending three dollars on me.

The child was fairly eating me up with her cold, steady eyes, and no expression on her face whatever. She did not move and seemed, inwardly, quiet; an unusually attractive little thing, and as strong as a heifer in appearance. But her face was flushed, she was breathing rapidly, and I realized that she had a high fever. She had magnificent blonde hair, in profusion. One of those picture children often reproduced in advertising leaflets and the photogravure sections of the Sunday papers.

She's had a fever for three days, began the father, and we don't know what it comes from. My wife has given her things, you know, like people do, but it don't do no good. And there's been a lot of sickness around. So we tho't you'd

William Carlos Williams: Gewaltanwendung

Sie waren für mich neue Patienten, und alles, was ich wusste, war ihr Name: Olson. «Bitte kommen Sie sobald Sie können, meine Tochter ist sehr krank.»

Als ich kam, empfing mich die Mutter, eine große, verschreckt aussehende Frau, reinlich, Nachsicht erheischend, und fragte bloß, ob ich der Arzt sei; dann ließ sie mich ein. Hinter mir her sagte sie: «Sie müssen entschuldigen, Herr Doktor, wir haben sie in der Küche, wo es warm ist. Es ist hier manchmal sehr feucht.»

Das Mädchen war voll angezogen und saß auf dem Schoß seines Vaters neben dem Küchentisch. Der Mann versuchte aufzustehen, doch ich bedeutete ihm, sich nicht zu bemühen, zog meinen Mantel aus und begann, die Umgebung in Augenschein zu nehmen. Ich konnte sehen, dass sie alle sehr aufgeregt waren und mich misstrauisch von oben bis unten musterten. Wie oft in solchen Fällen, erzählten sie mir nicht mehr als sie mussten; es war an mir, ihnen etwas zu sagen; darum gaben sie ja nun drei Dollar für mich aus.

Die Kleine verschlang mich fast mit ihren kalten, unbewegten Augen; ihr Gesicht zeigte keinerlei Ausdruck. Sie bewegte sich nicht und schien, wenigstens innerlich, ruhig; ein ungewöhnlich reizvolles Dingelchen und dem Anschein nach stark wie eine Färse. Aber ihr Gesicht war gerötet, ihr Atem ging schnell, und ich merkte, dass sie hohes Fieber hatte. Sie hatte herrliches, blondes Haar in Hülle und Fülle. Eines von den oft auf Faltprospekten und auf den Tiefdruckseiten der Sonntagsblätter abgebildeten Fotokindern.

«Sie hat seit drei Tagen Fieber», begann der Vater, «und wir wissen nicht, woher es kommt. Meine Frau hat ihr Verschiedenes gegeben, wissen Sie, was man halt so gibt, aber es hilft nichts. Und hier herum sind zur Zeit viele Leute krank. Daher meinten wir, Sie

better look her over and tell us what is the matter.

As doctors often do I took a trial shot at it as a point of departure. Has she a sore throat?

Both parents answered me together, No ... No, she says her throat don't hurt her.

Does your throat hurt you? added the mother to the child. But the little girl's expression didn't change nor did she move her eyes from my face.

Have you looked?

I tried to, said the mother, but I couldn't see.

As it happens we had been having a number of cases of diphtheria in the school to which this child went during that month and we were all, quite apparently, thinking of that, though no one had as yet spoken of the thing.

Well, I said, suppose we take a look at the throat first. I smiled in my best professional manner and asking for the child's first name I said, come on, Mathilda, open your mouth and let's take a look at your throat.

Nothing doing.

Aw, come on, I coaxed, just open your mouth wide and let me take a look. Look, I said opening both hands wide, I haven't anything in my hands. Just open up and let me see.

Such a nice man, put in the mother. Look how kind he is to you. Come on, do what he tells you to. He won't hurt you.

At that I ground my teeth in disgust. If only they wouldn't use the word "hurt" I might be able to get somewhere. But I did not allow myself to be hurried or disturbed but speaking quietly and slowly I approached the child again.

sollten sie sich lieber einmal ansehen und uns sagen, was los ist.»

Wie Ärzte es oft machen, versuchte ich es zuerst mit einer Frage: «Hat sie eine Halsentzündung?»

Beide Eltern antworteten gleichzeitig: «Nein ... Nein, sie sagt, dass ihr der Hals nicht wehtut.»

«Tut dir der Hals weh?» fragte die Mutter ihre Tochter noch einmal. Doch deren Gesichtsausdruck veränderte sich nicht, auch wandte sie ihren Blick nicht von meinem Gesicht ab.

«Haben Sie nachgesehen?»

«Ich habe es versucht», sagte die Mutter, «konnte aber nichts sehen.»

Es war aber so, dass wir in jenem Monat in der Schule, die dieses Kind besuchte, gerade eine Anzahl von Diphtheriefällen gehabt hatten, und daran dachten wir alle ganz offensichtlich, obschon bislang niemand davon gesprochen hatte.

«Nun», sagte ich, «wie wär's, wenn wir uns zuerst den Hals anschauen?» Ich lächelte mein profihaftestes Lächeln und erkundigte mich nach dem Vornamen des Mädchens. Ich sagte: «Na, Mathilda, mach mal den Mund auf und lass mich deinen Hals anschauen!»

Keine Regung.

«Nu mach schon», redete ich ihr zu, «mach nur den Mund ganz auf und lass mich hineinschauen. Schau», sagte ich und öffnete weit beide Hände, «ich habe da nichts. Mach nur auf und lass mich sehen!»

«So ein netter Mann», bemerkte die Mutter zwischendurch. «Schau, wie lieb er zu dir ist. Komm, mach, was er dir sagt! Er wird dir nicht wehtun.»

Ich knirschte verärgert mit den Zähnen. Wenn sie bloß nicht «wehtun» sagen würden, könnte ich vielleicht ans Ziel kommen. Doch ich ließ mich nicht drängen oder aus der Ruhe bringen, sondern näherte mich der Kleinen wieder, ruhig und langsam sprechend.

As I moved my chair a little nearer suddenly with one catlike movement both her hands clawed instinctively for my eyes and she almost reached them too. In fact she knocked my glasses flying and they fell, though unbroken, several feet away from me on the kitchen floor.

Both the mother and father almost turned themselves inside out in embarrassment and apology. You bad girl, said the mother, taking her and shaking her by one arm. Look what you've done. The nice man ...

For heaven's sake, I broke in. Don't call me a nice man to her. I'm here to look at her throat on the chance that she might have diphtheria and possibly die of it. But that's nothing to her. Look here, I said to the child, we're going to look at your throat. You're old enough to understand what I'm saying. Will you open now by yourself or shall we have to open it for you?

Not a move. Even her expression hadn't changed. Her breaths however were coming faster and faster. Then the battle began. I had to do it. I had to have a throat culture for her own protection. But first I told the parents that it was entirely up to them. I explained the danger but said that I would not insist on a throat examination so long as they would take the responsibility.

If you don't do what the doctor says you'll have to go to the hospital, the mother admonished her severely.

Oh yeah? I had to smile to myself. After all, I had already fallen in love with the savage brat, the parents were contemptible to me. In the ensuing struggle they grew more and more abject,

Als ich meinen Stuhl ein bisschen näher schob, fuhren ihre beiden Hände mit einer katzenartigen Bewegung unwillkürlich auf meine Augen zu und hätten sie fast erreicht. Sie schlug mir tatsächlich die Brille herunter; die fiel ein paar Fuß von mir auf den Küchenboden, brach aber nicht.

Sowohl der Vater wie die Mutter waren vor Verlegenheit und Bußgebärden fast außer sich. «Du böses Mädchen», sagte die Mutter, packte sie und schüttelte sie an einem Arm. «Schau, was du angestellt hast! Der nette Mann ...»

«Um Himmels willen!» unterbrach ich. «Nennen Sie mich ihr gegenüber nicht einen netten Mann. Ich bin hier, um mir ihren Hals anzuschauen, ob sie vielleicht Diphtherie hat und möglicherweise daran stirbt. Aber das bedeutet ihr nichts. Sieh mal», sagte ich zu dem Kind, «wir schauen dir jetzt in den Hals. Du bist alt genug, um zu verstehen, was ich sage. Willst du jetzt selber den Mund aufmachen oder werden wir ihn dir aufmachen müssen?»

Keine Regung. Nicht einmal ihr Gesichtsausdruck hatte sich verändert. Ihre Atemzüge jedoch gingen immer schneller. Dann begann der Zweikampf. Ich musste es tun. Ich musste zu ihrem eigenen Schutz einen Abstrich bekommen. Aber erst sagte ich den Eltern, dass es ganz an ihnen liege. Ich erklärte die Gefahr, sagte jedoch, dass ich nicht auf einer Halsuntersuchung bestünde, solange sie die Verantwortung übernehmen würden.

«Wenn du nicht tust, was dir der Doktor sagt, musst du ins Krankenhaus», warnte die Mutter sie streng.

Oh wirklich? Ich musste selber lächeln. Schließlich hatte ich mein Herz schon an den wilden Fratzen gehängt; die Eltern waren für mich verachtenswert. In dem nun folgenden Kampf wurden sie immer mehr erniedrigt, gedemütigt, entkräftet, während sie sich

crushed, exhausted, while she surely rose to magnificent heights of insane fury of effort bred of her terror of me.

The father tried his best, and he was a big man, but the fact that she was his daughter, his shame at her behaviour and his dread of hurting her made him release her just at the critical moment several times when I had almost achieved success, till I wanted to kill him. But his dread also that she might have diphtheria made him tell me to go on, go on though he himself was almost fainting, while the mother moved back and forth behind us, raising and lowering her hands in an agony of apprehension.

Put her in front of you on your lap, I ordered, and hold both her wrists.

But as soon as he did the child let out a scream. Don't, you're hurting me. Let go off my hands. Let them go, I tell you. Then she shrieked terrifyingly, hysterically. Stop it! Stop it! You're killing me!

Do you think she can stand it, doctor? said the mother.

You get out, said the husband to his wife. Do you want her to die of diphtheria?

Come on now, hold her, I said.

Then I grasped the child's head with my left hand and tried to get the wooden tongue depressor between her teeth. She fought, with clenched teeth, desperately! But now I also had grown furious — at a child. I tried to hold myself down but I couldn't. I know how to expose a throat for inspection. And I did my best. When finally I got the wooden spatula behind the last teeth and just the point of it into the mouth cavity, she opened up for an instant but before I could

sicherlich zu großartigen Höhen einer irrsinnigen, wütenden Anstrengung aufschwang, die ihrem Schrecken vor mir entsprang.

Der Vater versuchte sein Bestes, und er war ein kräftiger Mann, aber weil sie seine Tochter war und er sich wegen ihres Benehmens schämte und Angst hatte, ihr wehzutun, ließ er sie immer gerade in dem entscheidenden Augenblick los, da ich fast am Ziel war. Ich hätte ihn am liebsten umgebracht. Doch zugleich veranlasste ihn seine Angst, die Tochter könnte Diphtherie haben, mich zu bitten, weiterzumachen, und dies, obgleich er selbst einer Ohnmacht nahe war, während die Mutter hinter uns auf und ab lief und die Hände in schrecklicher Angst hob und senkte.

«Nehmen Sie sie auf den Schoß», befahl ich, «und halten Sie ihr die beiden Handgelenke!»

Doch sobald er das tat, stieß das Kind einen Schrei aus. «Nicht, du tust mir weh. Lass meine Hände los! Lass sie los! sag ich dir.» Dann kreischte sie entsetzlich, völlig außer sich. «Hör auf! Hör auf! Du bringst mich um.»

«Glauben Sie, Herr Doktor, dass sie das aushalten kann?» bemerkte die Mutter.

«Du gehst hinaus», sagte der Mann zu seiner Frau. «Willst du, dass sie an Diphtherie stirbt?»

«Los jetzt, halten Sie sie!» sagte ich.

Dann packte ich den Kopf der Kleinen mit der linken Hand und versuchte, ihr den hölzernen Zungenspatel zwischen die Zähne zu schieben. Sie kämpfte verzweifelt, mit zusammengebissenen Zähnen. Doch inzwischen war auch ich wütend geworden – über ein Kind. Ich versuchte mich zu beherrschen, konnte es aber nicht. Ich weiß, wie man eine Kehle zum Untersuchen freilegt. Und ich tat mein Bestes. Als ich endlich den Holzspatel hinter die letzten Zähne und das Spatelende in die Mundhöhle gekriegt hatte, machte das Kind ei-

see anything she came down again and gripping the wooden blade between her molars she reduced it to splinters before I could get it out again.

Aren't you ashamed? the mother yelled at her. Aren't you ashamed to act like that in front of the doctor?

Get me a smooth-handled spoon of some sort, I told the mother. We're going through with this. The child's mouth was already bleeding. Her tongue was cut and she was screaming in wild hysterical shrieks. Perhaps I should have desisted and come back in an hour or more. No doubt it would have been better. But I have seen at least two children lying dead in bed of neglect in such cases, and feeling that I must get a diagnosis now or never I went at it again. But the worst of it was that I too had got beyond reason. I could have torn the child apart in my own fury and enjoyed it. It was a pleasure to attack her. My face was burning with it.

The damned little brat must be protected against her own idiocy, one says to one's self at such times. Others must be protected against her. It is social necessity.

And all these things are true. But a blind fury, a feeling of adult shame, bred of a longing for muscular release are the operatives. One goes on to the end.

In a final unreasoning assault I overpowered the child's neck and jaws. I forced the heavy silver spoon back of her teeth and down her throat till she gagged. And there it was — both tonsils covered with membrane. She had fought valiantly to keep me from knowing her secret. She

nen Augenblick lang den Mund auf, doch ehe ich etwas sehen konnte, machte es ihn wieder zu, hielt den Spatel zwischen den Backenzähnen fest und zerbiss ihn, bevor ich ihn herausholen konnte, in kleine Splitter.

«Schämst du dich denn nicht?» schrie die Mutter sie an. «Schämst du dich nicht, dich so vor dem Arzt zu benehmen?»

«Geben Sie mir irgendeinen Löffel mit glattem Griff!» sagte ich zur Mutter. «Das bringen wir jetzt zu Ende.» Der Mund der Kleinen blutete schon, die Zunge hatte einen Schnitt. Das Kind stieß wilde, hysterische Schreie aus. Vielleicht hätte ich aufhören und in einer Stunde oder noch später zurückkommen sollen. Es wäre gewiss besser gewesen. Aber ich habe in solchen Fällen zumindest zwei Kinder wegen Nachlässigkeit tot im Bett liegen sehen, und da ich merkte, dass ich jetzt oder nie eine Diagnose brauchte, machte ich mich wieder an die Arbeit. Das Schlimmste daran: auch ich war nicht mehr bei klarem Verstand. Ich hätte in meiner eigenen Wut das Kind zerreißen und mich darüber freuen können. Es bereitete mir ein Vergnügen, ihm zu Leibe zu rücken. Mein Gesicht glühte.

Der verdammte Fratz muss gegen seine eigene Blödheit geschützt werden, sagt man sich bei solchen Gelegenheiten. Andere müssen gegen ihn geschützt werden. Es ist eine gesellschaftliche Notwendigkeit. All das stimmt. Aber eine blinde Wut, ein Gefühl der Scham des Erwachsenen, das einem Verlangen nach Freisetzung der Muskeln entstammt, sind die Triebkräfte. Man macht weiter bis zum Schluss.

In einem letzten nicht mehr rationalen Zugriff bezwang ich Hals und Kiefer der Kleinen. Ich schob ihr den schweren Silberlöffel hinter die Zähne und die Kehle hinunter, bis sie würgte. Und da hatten wir's: beide Mandeln mit Schleim bedeckt. Sie hatte wacker mit mir gefochten, um mich abzuhalten, hinter ihr

had been hiding that sore throat for three days at least and lying to her parents in order to escape just such an outcome as this.

Now truly she *was* furious. She had been on the defensive before but now she attacked. Tried to get off her father's lap and fly at me while tears of defeat blinded her eyes.

Geheimnis zu kommen. Sie hatte die Halsentzündung mindestens drei Tage verborgen und ihre Eltern angelogen, um einen Ausgang wie diesen zu vermeiden.

Nun war sie tatsächlich wütend. Erst war sie in der Verteidigung gewesen, jetzt aber griff sie an. Versuchte, vom Schoß ihres Vaters zu kommen und sich auf mich zu stürzen, blindgemacht von Tränen der Niederlage.

Thyra Samter Winslow: The Old Lady

The Old Lady lives with her daughter and her
son-in-law, and they really do everything in
the world for her. Hardly a day passes that Mrs
Zwill, the Old Lady's daughter, doesn't put herself out for her mother's comfort. Often she is
the first to leave a bridge party when there are
still nibbles of refreshments, saying, as she
smooths her lip rouge with her little finger, "I've
got to hurry home! You know how Mamma is!
If I don't get home she will be fussing around
in the kitchen. There isn't a thing for her to do
– Annie is such a good maid, and she hates to
have Mamma bothering her."

Mrs Zwill is good to her mother in other
ways, too. She picks out, carefully, her mother's
clothes. They aren't the things old Mrs Schellingheim would pick for herself, but they are in much
better taste, as any of Mrs Zwill's acquaintances
will testify.

"I want Mamma to look modern," she tells
them. "Why, if I let her alone she'd buy bon-
nets! I like her to look up-to-date. It would
make me seem a thousand years old to have an
old granny-looking woman for a mother. Henry's making enough money so that Mamma can
dress well."

Mrs Zwill likes to have her mother live with
her. She often says so. To be sure, sometimes it
is a bit embarrassing when she gets people like
the Mannenbergs to come to dinner – Phil Mannenberg has such a wonderful position, and the
people they go with! Even though it would be
more convenient otherwise – her mother has
such, well, funny table manners – Mrs Schelling-

Thyra Samter Winslow: Die alte Dame

Die alte Dame wohnt bei ihrer Tochter und ihrem Schwiegersohn, und die beiden tun wirklich alles für sie. Es vergeht kaum ein Tag, an dem sich Mrs Zwill, die Tochter der alten Dame, nicht um das Wohlbefinden ihrer Mutter bemüht. Oft verlässt sie als erste eine Bridgepartie, wenn noch Imbisshappen vorhanden sind und sagt, während sie ihr Lippenrot mit dem kleinen Finger gleichmäßig verteilt: «Ich muss schnell nach Hause. Sie wissen, wie Mama ist. Wenn ich nicht heimkomme, wird sie aufgeregt in der Küche herumwerken. Es gibt für sie zwar nichts zu tun – Anna ist ja ein so gutes Dienstmädchen und hat es gar nicht gern, von Mama gestört zu werden.»

Mrs Zwill ist auch in anderer Hinsicht gut zu ihrer Mutter. Sie wählt die Kleidung ihrer Mutter aus, mit Bedacht. Nicht die alten Sachen, die Mrs Schellingheim sich selber aussuchen würde, sondern viel geschmackvollere, wie jede von Mrs Zwills Bekannten bestätigen wird.

«Ich will, dass Mama mit der Mode geht», sagt sie zu ihnen. «Na, wenn ich sie allein ließe, würde sie sich Hauben kaufen. Ich wünsche, dass sie wie eine Frau von heute aussieht. Ich käme mir ja tausend Jahre alt vor, wenn ich eine alte, wie eine Oma aussehende Frau zur Mutter hätte. Henry verdient genug Geld, so dass Mama sich gut kleiden kann.

Mrs Zwill hat es gern, dass ihre Mutter bei ihr wohnt. Sie sagt das oft. Gewiss ist es mitunter ein wenig peinlich, wenn sie Leute wie die Mannenbergs zum Essen einlädt – Phil Mannenberg hat eine so ausgezeichnete Stellung, und die Leute, mit denen sie verkehren! Wenn es auch anders bequemer wäre – ihre Mutter hat so, na ja, so komische Tischmanieren –, isst Mrs Schellingheim zusammen mit der Familie. Sie

heim eats right with the family. She never has her dinner in her room the way old Mrs Plotz does when her family has guests in. Of course, Mrs Schellingheim makes errors in speech and even tactful joking can't make her quite lose her accent. After all, though, haven't most families got an accent in the family some place, even if sometimes it is a generation in the background?

When Mrs Schellingheim first came to live with the Zwills a lot of funny old ladies were always coming in and staying for hours. Some of them have died since then, though, and the others gradually got to understand that, while they were welcome and all, being her mother's friends, Mrs Zwill didn't feel that they exactly fitted in. Besides, they always talked about old times and Mrs Schellingheim would cry after they went away.

Mrs Schellingheim had a lot to say about the way the house was run at first, but Mrs Zwill, though she loved her mother – and said so – had to point out that it was her home. Mrs Schellingheim doesn't interfere a great deal now.

The thing that Mrs Zwill can't understand is the way her mother feels about her room. When Pa Schellingheim died, five years ago, the Old Lady was perfectly willing to sell all the furniture excepting the things she had had in her own bedroom and she won't part with those things, now. It seems silly to Mrs Zwill because it isn't as if the pieces were heirlooms. If they were she could understand. Wouldn't it be wonderful if the Zwills had antiques in the family! But these pieces are of the most hideous period of American furniture, Mrs Zwill knows, and they were bought, as nearly as Mrs Zwill can find out, just

nimmt das Essen nie auf ihrem Zimmer ein, wie es die alte Mrs Plotz tut, wenn ihre Familie Gäste hat. Natürlich macht Mrs Schellingheim Fehler beim Sprechen, und selbst rücksichtsvolle Neckerei bringt es nicht zuwege, dass sie ihren Akzent ganz verliert. Aber haben denn schließlich nicht die meisten Familien irgendwo einen Akzent in der Sippe, selbst wenn das manchmal eine Generation zurückliegt?

Als Mrs Schellingheim bei den Zwills zu wohnen begann, kamen immer viele komische alte Damen zu ihr und blieben stundenlang. Einige von ihnen sind allerdings seither gestorben, und die anderen begriffen nach und nach, dass sie zwar durchaus als Mutters Freundinnen willkommen waren, dass Mrs Zwill aber nicht das Gefühl hatte, sie würden so recht hereinpassen. Außerdem plauderten sie dauernd über alte Zeiten, und nachdem die Damen gegangen waren, weinte Mrs Schellingheim meistens.

Mrs Schellingheim hatte über die Art, wie das Haus zuerst geführt wurde, eine Menge zu sagen, doch obschon Mrs Zwill ihre Mutter liebte – und das auch sagte –, musste sie darauf hinweisen, dass es ihr Heim war. Jetzt mischt sich Mrs Schellingheim nicht viel ein.

Was Mrs Zwill nicht verstehen kann, sind die Gefühle, die ihre Mutter für ihr Zimmer hat. Als Papa Schellingheim vor fünf Jahren starb, war die alte Dame durchaus willens, alle Möbel zu verkaufen, bis auf die Dinge, die sie in ihrem eigenen Schlafzimmer gehabt hatte, und nun will sie sich von diesen Dingen nicht trennen. Das erscheint Mrs Zwill töricht, weil es ja nicht so ist, als wären das Erbstücke. Wenn das der Fall wäre, könnte sie es verstehen. Wäre es nicht herrlich, wenn die Zwills Antiquitäten in der Familie hätten! Aber diese Stücke stammen, wie Mrs Zwill weiß, aus der hässlichsten Zeit amerikanischer Möbelherstellung und wurden, soweit Mrs Zwill herausbe-

because Pa Schellingheim started to prosper in business. Why, they haven't even any special memories around them. The furniture is of a peculiarly hideous golden oak and the bed has machine-carved high head- and foot-boards. There is a large and elaborate dresser and one of the chairs is a rocker.

If it were only "quaint" Mrs Zwill could make quite a talking point of it. How delightful if one had a mother who fixed up her room in real last-generation style!

Mrs Zwill knows a lot about interior decoration. She looks at the model rooms in Wanamaker's and Abraham & Straus, so she knows how rooms ought to look, and sometimes she goes into shops on Madison and Lexington Avenues to see what folks are buying. Her own overstuffed furniture is very elegant – mohair and velours in a two-color combination. Her bridge lamps, with their parchment shades, are quite smart, and she has two sets of curtains – colored organdie for summer and elaborate satin overdrapes for cold weather. A very good decorator – that little Miss Pickens, she is awfully reasonable, you must try her sometime! – came in with samples and Mrs Zwill chose the curtains with her. Mrs Zwill has long passed the stage where you go into a department store and buy materials and then make the curtains up at home.

So you can imagine how her mother's room gets on Mrs Zwill's nerves! If she had her way she would buy delightful things for the Old Lady. She would get her an old-fashioned four-poster bed and a quaint chest of drawers, in maple or mahogany – maple would be sweet! – and some

kommt, bloß gekauft, weil Papa begann, geschäftlich Erfolg zu haben. Wahrhaftig, nicht einmal besondere Erinnerungen ranken sich um diese Möbel. Sie sind aus einer seltsam hässlichen Färber-Eiche, und das Bett hat maschinengeschnitzte hohe Kopf- und Fußteile. Es ist ein großer, kunstvoller Toilettentisch vorhanden, und einer der Stühle ist ein Schaukelstuhl. Wären die Möbel wenigstens «anheimelnd», so könnte Mrs Zwill sie doch zum Gesprächsstoff machen. Wie entzückend, wenn man eine Mutter hätte, die ihr Zimmer im echten Stil der letzten Generation einrichtete!

Mrs Zwill versteht viel von Inneneinrichtung. Sie schaut sich die Musterzimmer bei Wanamaker und Abraham & Straus an, daher weiß sie, wie Räume aussehen sollten, und manchmal sucht sie Geschäfte an den Madison und Lexington Avenues auf, um zu sehen, was die Leute kaufen. Ihr eigener überladener Hausrat ist sehr vornehm – Mohair und Velours in einer Zweifarbenkombination. Ihre Bridgelampen mit den Pergamentschirmen sind ganz schick, und sie hat zwei Garnituren Vorhänge – bunte aus Organdy für den Sommer und erlesene Übervorhänge aus Satin für die kalte Jahreszeit. Eine sehr gute Dekorateurin – diese kleine Miss Pickens, sie ist ungeheuer überlegt, Sie müssen es mal mit ihr versuchen! – kam mit Mustern zu ihr, und Mrs Zwill wählte mit ihr die Vorhänge aus. Mrs Zwill hat schon lange die Zeit hinter sich, wo man in ein Kaufhaus geht, Stoff und Zubehör kauft und dann die Vorhänge daheim anbringt.

Sie können sich also vorstellen, wie das Zimmer ihrer Mutter Mrs Zwill auf die Nerven geht! Wenn es nach ihr ginge, würde sie entzückende Sachen für die alte Dame kaufen. Sie würde ihr ein altmodisches Himmelbett besorgen und eine heimelige Kommode aus Ahorn oder Mahagoni – Ahorn wäre süß! – und ein paar in Kettenstich bestickte Brücken. Mrs Zwills eigenes

hooked rugs. Mrs Zwill's own bedroom – which is, in a way, shared by Mr Zwill – is in Circassian walnut with elegant twin-bed coverings and over-drapes of changeable taffeta – in winter. On the glass-covered dressing table there is a great profusion of toilet articles – things that are advertised in the smart magazines and that Mrs Zwill believes enable her to keep young-looking – none of "the girls" ever guess her to be within five years of her age.

Usually, Mrs Schellingheim's room doesn't worry Mrs Zwill, though she is glad that Mr Zwill can afford to give his mother-in-law her own room and bath. "A complete little suite, my dear! So much more convenient!" Still, Mrs Zwill is rather embarrassed sometimes when she shows her apartment to new friends.

There is the kitchen with its electric refrigerator, all of the little cubes of ice so busily freezing themselves; Mr Zwill's newest radio that can get almost any distance after midnight in cold weather, though it's so hard to get distance on the usual radio in a steel-constructed apartment building; the bookcase with some of the very best sets behind its glass doors; the grand piano with the electric player; the newest thing in smoking stands. When they get to Mrs Schellingheim's room Mrs Zwill always has to make explanations.

"You know how old people are," she says. "I have just begged Mamma to let me do her room over for her for Christmas but she just *clings* to her old things! It's such a big, sunny room, too – the sun comes in all morning just as if it weren't on a court at all. When, that is, I mean, if – if anything should ever happen to Mamma,

Schlafzimmer – das sie gewissermaßen mit Mr Zwill teilt – ist aus tscherkessischer Walnuss, mit vornehmen Doppelbettbezügen und Übervorhängen aus schillerndem Taft – im Winter. Auf dem mit einer Glasplatte belegten Toilettentisch stehen Toilettensachen in verschwenderischer Fülle – Dinge, für die in den feinen Magazinen Reklame gemacht wird und von denen Mrs Zwill glaubt, sie würden es ihr ermöglichen, immer jung auszusehen – keines «der Mädchen» kommt beim Raten jemals auf fünf Jahre an ihr Alter heran.

Gewöhnlich stört Mrs Schellingheims Zimmer Mrs Zwill nicht, wenn sie auch froh ist, dass Mr Zwill es sich leisten kann, seiner Schwiegermutter ihr eigenes Zimmer mit Bad zu bieten. «Eine vollständige Kleinwohnung, meine Liebe! So viel bequemer!» Dennoch ist Mrs Zwill manchmal ziemlich verlegen, wenn sie neuen Freunden ihre Wohnung zeigt.

Da ist die Küche mit ihrem elektrischen Kühlschrank, in dem all die Eiswürfelchen so eifrig gefrieren; Mr Zwills neuestes Rundfunkgerät, das nach Mitternacht bei kaltem Wetter fast jede Entfernung herbringen kann, obschon es so schwierig ist, in einem in Stahlbauweise errichteten Wohnblock auf dem gewöhnlichen Radio entfernte Sender herzuholen; das Bücherregal mit einigen der allerbesten Reihen hinter seinen Glastüren; das große Klavier mit dem elektrischen Steuermechanismus; das Neueste, was es als Rauchtischchen gibt. Wenn die Gäste in Mrs Schellingheims Zimmer kommen, muss Mrs Zwill immer Erklärungen geben.

«Sie wissen, wie alte Leute sind», sagt sie. «Ich habe Mama bloß gebeten, sie möge mich ihr Zimmer für Weihnachten neu richten lassen, doch sie *hängt* einfach an ihren alten Sachen! Es ist auch so ein großer, sonniger Raum – als läge er überhaupt nicht auf einen Hof zu, kommt die Sonne den ganzen Morgen herein. Wenn, das heißt, ich meine, falls – falls Mama je etwas

I'm going to do her room over as a guest room. I'll use either maple or some of that new enamelled furniture. Still, I want you to see the room. No, she won't mind your coming in, but you'll have to speak kind of loud – she doesn't hear very well."

zustoßen sollte, richte ich ihr Zimmer als Gästezimmer ein. Ich nehme entweder Ahorn oder solche neuen lackierten Möbel. Trotzdem möchte ich, dass Sie sich den Raum ansehen. Nein, es wird ihr nichts ausmachen, wenn Sie hineingehen; Sie müssen aber etwas laut sprechen – sie hört nicht sehr gut.»

Anmerkungen

Nice Girl

Seite 12, Zeile 18 repeal (of the Prohibition): 1933 wurde das seit 1919 bestehende Verbot, alkoholische Getränke zu verkaufen, aufgehoben.

12, 25 sheriff: In den Vereinigten Staaten der gewählte höchste Exekutivbeamte einer Grafschaft.

Love in Brooklyn

48, 21 Joyce, James (1882–1941): irischer Schriftsteller, dessen 1922 erschienener Roman «Ulysses» von vielen als genial begrüßt wurde.

50, 9 v. u. Proust, Marcel (1871–1922): französischer Schriftsteller, dessen Romanwerk «A la recherche du temps perdu» (Auf der Suche nach der verlorenen Zeit) einen herausragenden Platz in der französischen Literatur einnimmt. – Wigman, Mary (1886–1973): deutsche Tänzerin, die später auch als Tanzlehrerin sich für den modernen Ausdruckstanz einsetzte.

Content with the Station

78, 19 *Kissimmee:* Stadt in Florida.

80, 9 *Episcopal* (clergyman): Anhänger der bischöflichen Verfassung (bes. der anglikanischen Kirche).

80, 11 the *Established Church* (of England): die englische Staatskirche.

80, 13 *High Church:* orthodoxe Richtung der anglikanischen Kirche.

80, 14 *Methodist:* Anhänger einer 1729 von den Brüdern Wesley in Oxford ins Leben gerufenen Sekte. Die 1784 in den USA gegründete Methodist Episcopal Church geht im wesentlichen auf die englische Methodistenkirche zurück.

82, 9 v. u. *Bloomsbury Square:* ein ehedem elegantes Viertel in London, unweit des British Museum.

82, 8 v. u. *Norfolk:* englische Grafschaft, die im Süden an Suffolk, im Westen an Cambridgeshire und Lincolnshire und im Norden und Osten an die Nordsee grenzt.

82, 6 v. u. *Back Bay:* volkstümlicher Name eines Wohnviertels in Boston, der Hauptstadt von Massachusetts.

84, letzte Zeile *cockney:* (oft verächtlich gebraucht) der Einwohner von London, vor allem im East End, aber auch der Cockneydialekt, dessen bezeichnendstes Merkmal das Weglassen des anlautenden «h» ist ('dropping one's aitches').

Quellenhinweise:

Die Erzählungen von Sherwood Anderson, Morley Callaghan, Daniel Fuchs, Richard Lockridge und Thyra Samter Winslow entstammen dem Buch "Short Stories from the New Yorker", Victor Gollancz 1951, Copyright 1940 F-R Publishing Corporation.

Die Erzählung von John Andrew Rice entstammt dem Buch "55 Stories from The New Yorker", Victor Gollancz 1952, Copyright 1949 The New Yorker Magazine Inc.

Die Erzählung von Wesser Hyatt Smitter entstammt dem Buch "Timeless Stories for Today and Tomorrow" edited by Ray Bradbury, Bantam Books, New York.

Die Erzählung von William Carlos Williams entstammt dem Buch "The Farmer's Daughters". By arrangement with New Directions, New York, and Agence Hoffman, Munich.

Anzeige des Deutschen Taschenbuch Verlages

Ein Mädchen oder Weibchen wünscht Papageno sich –
und Papagena wünscht sich jedenfalls ein Männchen.
Und wenn sie sich gekriegt haben und beieinander
geblieben und nicht gestorben sind, so leben sie noch
heute glücklich und zufrieden.

Es gibt viele Geschichten über dieses klassische Geschehen (und niemand soll sagen, dass es heute nicht
mehr vorkommt). Aber eine noch viel größere Anzahl
Geschichten gibt es über die nicht so klassischen Ver-
läufe des Come Together.

Einige davon (nebst wenigen «klassischen») finden
sich in dem englisch-deutschen Band dtv 9190: Love
Stories – Amerikanische Liebesgeschichten. Die Au-
toren: Morley Callaghan, Meg Campbell, F. Scott
Fitzgerald, Ernest Hemingway, Carson McCullers,
Joyce Carol Oates, Irwin Shaw, Herman Wouk.

Natürlich sind Liebesgeschichten – und im weiteren
Sinn: Geschichten zum Thema oder Stichwort Come
Together – in fast jedem Band der Reihe dtv zweisprachig zu finden. Die meisten Kurzgeschichten handeln
ja davon, dass zwei oder mehr Menschen auf die eine
oder andere Weise etwas miteinander zu tun bekommen
– im Guten oder im Bösen oder halbe/halbe.

Von einem außerordentlichen Fall handelt ein Buch,
auf das wir die Leser des vorliegenden aufmerksam
machen möchten:

Joseph Conrad: The Secret Sharer / Der geheime
Teilhaber (dtv 9340). Keine Liebesgeschichte. Sondern
die Geschichte von den ersten Tagen eines jungen Kapi-
täns auf seinem ersten Schiff, einem Frachtsegler in der
Südsee, und von einer Begegnung, die diesen Kapitäns-
Anfang zu einer Lebens-Initiation macht. Die Erzählung ist – nach einem sehr gemessenen Beginn –

spannend, ja dramatisch. Ihre Ausstrahlung und ihren Glanz erhält sie von der noblen Männlichkeit der beiden «Teilhaber», ihrem geradezu philosophischen Ernst und ihrem ritterlich-sportlichen Humor.

Dürfen wir in einem englisch-deutschen Buch auch für ein französisch-deutsches werben?

Wir wollen eines nennen, in dem vom Zueinanderkommen erzählt wird. Jedermann und Jedefrau kennt den Stoff. Aber die Erzählung selber ist noch immer nicht allen bekannt. Dabei ist sie reicher, genauer und bewegender als Oper und Film:

Prosper Mérimée: Carmen (dtv 9333).

Englisch-deutsch oder französisch-deutsch (oder auch italienisch-, spanisch-, russisch-, türkisch-, lateinisch-deutsch); und Zusammenkommen oder Aneinandergeraten oder Getrenntwerden; und mehrere kurze Texte in einem Band oder auch mal ein einziger etwas längerer Text als eigenes Buch: Die Reihe dtv zweisprachig enthält eine Fülle von Geschichten, von Anfängerniveau bis schwierig, von handfester Unterhaltung bis Weltliteratur. Sie sollten sich ab und zu ein Verzeichnis besorgen. Der Deutsche Taschenbuch Verlag schickt Ihnen gern eins. Seine Adresse: Friedrichstraße 1a, 80801 München